Storie

Tome 1 :
Thérapie dangereuse

Elsa Levant

STORIE

Tome 1 :

THÉRAPIE DANGEREUSE

Elsa Levant

www.soromance.com

À mon père

Effronté comme un enfant

« Le risque est l'essence même de la vie »

Un acrobate décédé

Séance une

Le concept peut sembler incompréhensible. En proie à des troubles qui nous dépassent, nous nous rendons chez une inconnue qui, jusqu'à présent, ignorait tout de notre existence. Souvent, elle possède un caractère et une vision du problème opposés aux nôtres. Notre famille, notre conjoint, nos amis proches ont beau être exemplaires, cette personne nous aidera mieux que quiconque. Elle ne nous révélera rien d'elle, mais nous lui vouerons une confiance aveugle. Ses paroles revêtiront une importance démesurée. Nous en rêverons, nous la fantasmerons, nous l'adulerons jusqu'à en tomber amoureux dans les cas les plus graves.

Mon métier consiste à éclaircir les motivations, comprendre la raison des agissements, adoucir les souvenirs, réformer les pensées et les comportements. Lors de la première séance, le malaise des patients est palpable. Ils fondent parfois en larmes avant d'avoir articulé un mot. Dans un sourire inversé et compatissant, je leur tends une boîte de mouchoirs triple épaisseur. Au rythme de leurs phrases lourdes d'émotions, je hoche la tête pour témoigner de mon empathie. L'exercice n'est pas difficile, car c'est bien connu : les semelles des cordonniers prennent la pluie. Nous ne sommes pas mieux armés contre les soucis en tant que psys, nous en sommes juste plus conscients.

Les patients sont convaincus que nous allons bien, immunisés contre les désagréments quotidiens. Ils nous attribuent une sagesse dont nous ne possédons qu'une once. Les miens m'imaginent stable, réfléchie, d'humeur égale, épanouie, sans faille. S'ils savaient… Tous les psys que je côtoie souffrent d'anxiété ou de dépression, d'un passé composé de déchirures, d'absences, de négligences ou d'abus… Seulement, nous intégrons mieux ces épreuves à nos vies, suffisamment pour accueillir les problèmes d'autrui, comme un terrain partiellement défriché sur lequel les fleurs prennent racine.

Notre véritable avantage réside dans notre expérience. Nous entendons tellement d'histoires différentes que nous cessons d'envier une normalité à laquelle il faudrait appartenir. L'être humain est un miracle de combinaisons. Toutes les associations de traits de caractère, de sentiments profonds, de questionnements existent. Une diversité exceptionnelle qui devrait nous nourrir plutôt que nous inhiber !

Lorsqu'un patient décrit une histoire, un problème, une émotion similaires aux nôtres, nous nous sentons impliqués tout en veillant à conserver la bonne distance. En nous identifiant à l'excès, nous l'encouragerions à suivre notre propre cheminement. Nous dissocions constamment le vécu de notre interlocuteur du nôtre, pour ne pas l'influencer. Tout en restant concentrés sur le but de la thérapie, nous gérons les émotions du patient et nos propres réminiscences. Un psy ne soigne pas exclusivement les autres, il se soigne aussi à travers eux. Nous devenons psys pour éviter d'être patients. Souvent, quand je termine ma journée de travail, je réalise à quel point ma vie est agréable.

Dans le centre de consultation où j'exerce travaillent un psychiatre et une autre psychologue d'obédience différente. Psychanalyste, elle examine les relations selon le prisme freudien. Elle s'appuie sur le petit Hans, l'homme aux rats,

Elisabeth von R. et toute la clique. Je l'écoute distraitement comme si elle parlait de ses neveux. Nous ne sommes jamais d'accord sur l'origine de la psychopathologie des patients. Elle me dévisage comme si j'étais naïve et j'estime ses interprétations tirées par les cheveux. Agacées par nos analyses divergentes, nous avons renoncé à évoquer des situations cliniques et, de temps en temps, quand nous déjeunons ensemble dans la petite cuisine du cabinet, nous parlons littérature ou cinéma.

Le psychiatre, lui, estime que tout est chimique. Un traitement adapté, voilà ce qu'il leur faut ! Le blabla est réservé aux patients résistant aux médicaments. Il n'avoue jamais qu'il hésite sur un cas ou qu'il ne propose pas l'outil adéquat pour soigner un patient. Quand il nous adresse quelqu'un, il argumente : « Il a besoin de parler et je n'ai pas le temps ». N'accusons pas les progrès de la médecine…

Situé en banlieue, notre cabinet de consultation offre un cadre reposant, loin du Paris effréné. Le bâtiment se trouve à l'angle de deux rues arborées et peu fréquentées. Ancien centre ophtalmologique, les bureaux sont spacieux et les néons aveuglants. Dans la salle d'attente, de gros clous plantés à égale distance le long des murs restent nus. Les tableaux ont disparu avec les trois spécialistes de la vue lors du déplacement de leur activité à Paris.

Dès la visite, les lieux m'ont charmée. Les locaux paraissaient intacts tout en affichant des signes d'anomalies à l'approche du regard. Les lignes des murs présentaient des inclinaisons douteuses et la peinture de drôles de reflets à la lumière. Les imperfections visibles avaient toujours fait partie de ma vie ; certains défauts rendent l'ensemble harmonieux. J'ai signé le bail dès le lendemain de la visite. Je ne connaissais pas encore mes colocataires. L'humain a la capacité de s'adapter à tout.

Arrivée dans mon bureau, je pends ma veste et mon sac au portemanteau. La pièce est baignée de soleil jusqu'à midi par beau temps, mais ce matin, le ciel est épais, poisseux. J'ouvre les fenêtres pour dissiper l'odeur végétale régnante. La présence de plantes m'a toujours apaisée. Sur les étagères, la commode et le rebord des fenêtres, j'ai disposé philodendron, ficus, misère, plantes grasses : toutes les espèces survivant à quinze jours de vacances sans eau.

En consultant mon agenda, je me rappelle qu'un nouveau patient m'attend à neuf heures trente, ce jeudi 4 avril. Nous avons discuté au téléphone la semaine dernière, un appel fluide, annonciateur d'un bon travail en thérapie. Il était soulagé que je le recontacte et disponible à ma convenance. Voix veloutée, sourire audible, il désirait parler de sa délicate situation professionnelle.

Un homme se lève à l'instant où je pénètre dans la salle d'attente. Nous n'avons pourtant pas été présentés. Grand, regard sombre, cheveux drus châtain foncé. La trentaine environ, il s'avance vers moi. Je demande :

— Monsieur Guerrand ?

— Lui-même.

— Enchantée.

La première poignée de main est intéressante, car elle reflète souvent la séance à venir. Poignée de main indolente : un dépressif ; humide : un anxieux ; exagérément ferme ou sèche : un dépressif ou un anxieux qui s'ignore. Celle de Monsieur Guerrand est à la fois moite et assurée. Le regard profond qui l'accompagne semble transmettre un appel à l'aide. Sous des mèches de cheveux en pagaille, son front ridé transpire l'inquiétude. Une lueur dérangeante brille néanmoins dans ses yeux. Un besoin de domination peut-être, ou un instinct animal affûté. Une intelligence stratégique que l'on retrouve chez les grands dirigeants ou les joueurs d'échecs. Que l'on pourrait croiser chez un général fier de contempler son armée massacrer les légions adverses.

Je lui ouvre la voie dans le couloir. Une dizaine de pas plus loin, j'invite l'homme à entrer dans notre espace de travail. Après avoir refermé la porte, je m'assois dans un fauteuil molletonné derrière mon bureau.

D'habitude, les patients s'installent sur une des deux chaises, face à moi. Ils tentent de justifier leur venue sans savoir par où commencer. Parfois, ils gardent le silence jusqu'à ce que je les encourage à se lancer. Ils prennent alors une profonde inspiration et entament le récit de leur vie. Celui-ci se déroulera comme un tapis rouge et ne s'interrompra que pour incorporer les réponses à mes questions. Il prendra fin à mon signal, quarante-cinq minutes plus tard.

Monsieur Guerrand, lui, arpente la pièce à pas lents. Encadrées par un long manteau noir, ses épaules fendent l'espace. Il s'approche d'une table haute sur laquelle un pot de fleurs coloré héberge plusieurs plantes grasses. Son profil au nez rectangulaire m'évoque les séries de *Portraits* de Picasso. Bien que ses traits ne soient pas grossiers, ils forment un assemblage saugrenu. Ses pommettes saillantes creusent deux sillons ombrés sur ses joues. Ses lèvres claires ressemblent à une ligne tracée au pastel, tandis que deux sourcils épais assombrissent ses yeux.

Il s'immobilise devant une photographie de trois voiliers penchés sur une ligne d'horizon. Ce jour-là, l'océan Atlantique devait être rageur, car ses vagues semblent aimantées par le ciel. Mon père m'a offert cette affiche en noir et blanc, signée *Beken of Cowes*, au salon nautique l'an passé. « Fais-la encadrer » avait-il préconisé. Impatiente de l'intégrer à mon cadre de travail, j'avais troué le papier glacé de punaises.

Après s'être imprégné de cette image maritime, Monsieur Guerrand se tourne vers moi, embrassant la pièce d'un coup d'œil. Son regard inquisiteur s'attarde sur d'autres affiches, les *Mille et une nuits* de Matisse, *Cercles dans un cercle* de Kandinsky. Seule derrière mon bureau, un peu embarrassée, j'attends qu'il s'installe.

— Vous êtes optimiste, n'est-ce pas ?

Je hausse les sourcils, laissant transparaître ma surprise.

— On peut dire ça, oui.

— Et résiliente.

Ignorant sa dernière remarque, je l'invite à prendre place d'un signe de la main.

Il fait glisser son manteau le long de ses bras et le dépose avec soin sur le dossier de la chaise. Son torse se dessine sous une chemise cintrée. Après s'être assis, il croise les jambes puis les bras. Il n'a visiblement pas envie d'être là. Plusieurs secondes s'écoulent avant qu'il ne plante ses yeux dans les miens.

— Je suppose qu'on commence par vous raconter ce qui nous amène ?

— Par exemple, oui.

— Sinon, je ne serais pas ici.

Sa voix est rocailleuse. J'acquiesce d'un air entendu. Il passe les doigts sur sa barbe naissante.

— Je suis ingénieur en propulsion aérospatiale. Il y a trois mois, au travail, j'ai déraillé. J'ai attrapé mon ordinateur portable et je l'ai fracassé sur le bureau. Le collègue avec qui je travaille sur le projet m'avait induit en erreur en me fournissant de mauvais relevés : tous mes calculs étaient faux. Pour une fois que je n'avais pas vérifié derrière lui, *une seule fois* ! Je lui avais accordé ma confiance, nous travaillons ensemble depuis six ans ! Une semaine de calculs à partir de ses relevés pour déterminer le niveau d'hydrogène liquide nécessaire à un décollage. Et là, après tout ce boulot, je réalise que... vous ne prenez pas de notes ?

— Non, jamais.

Les lèvres entrouvertes, il retient une question, étudie mon visage, puis opine du chef. Il murmure :

— Je vois.

Il n'est pas le premier à s'étonner de cette particularité. Ma mémoire est fidèle comme un bon chien de chasse : elle rapporte le gibier traqué. Sans trop d'efforts, je retiens les événements de vie, les prénoms des enfants, conjoints, collègues, amis, parents, frères et sœurs de mes patients en plus du déroulement des séances passées. J'ai toujours préféré écouter mon interlocuteur sans baisser le regard pour griffonner. Les patients ont pour fâcheuse manie de déchiffrer nos notes à l'envers, perdant le fil de leurs confidences.

Je souris avec bienveillance pour inciter Monsieur Guerrand à poursuivre son récit. Il prend son temps, comme pour souligner qu'il décide seul de la suite de l'entretien. Il rugit soudain :

— Tous ces chiffres torturés pour un résultat erroné, ça m'a excédé ! J'ai hurlé contre ces incapables qui collaborent avec moi ! Mon collègue est devenu blanc, et de le voir se ratatiner de la sorte, j'ai eu envie de le piétiner. Mon N+1 est arrivé et pour me calmer, il m'a posé une main sur l'épaule. Par réflexe — je pratique le Taekwondo depuis tout petit – je lui ai fait une clef de bras pour le plaquer sur le bureau. En le promenant de droite à gauche, j'ai balayé tous les dossiers posés là. Tout le monde me regardait sans oser intervenir. Mon supérieur a tellement hurlé que j'ai fini par le lâcher. On aurait dit un Yorkshire qui se faisait écraser la patte. J'ai pris ma veste et je suis parti. Mon médecin généraliste m'a mis en arrêt un mois et m'a prolongé deux fois depuis. Il paraît que je fais un *burn-out*. C'est à la mode, non ? Je suis dans le coup !

Je ne souris pas à sa blague. Son récit me laisse dubitative et légèrement choquée. Il évoque une scène violente avec une distance inappropriée, sans éprouver de regrets quant à son comportement. Il se donne le beau rôle dans cette situation abusive, se vantant presque de malmener ses collègues et son supérieur. Après l'avoir interrogé sur ses conditions de travail — stressantes mais supportables selon lui — une impression d'incohérence me gagne. Quelqu'un de son niveau prône rarement la violence et je soupçonne son *burn-out* d'être le symptôme d'une problématique plus large. Je demande :

— Avez-vous souvent des relations compliquées avec votre entourage ?

— Bingo ! Vous êtes de taille !

J'ignore le compliment. Ses défenses, elles aussi de taille, entravent déjà notre travail.

Quand on fait ce métier, on apprend à aimer tous ses patients, ceux qui nous sont antipathiques, comme ceux qui n'appliquent jamais nos conseils. Malgré ma tolérance, je ne peux échapper au mauvais pressentiment que m'inspire Monsieur Guerrand. Je n'approuve pas sa façon d'entrer en relation en se mesurant à l'autre, en lui imposant son rythme. Au téléphone, je l'avais trouvé agréable, dans la salle d'attente, soucieux ; à présent, il me semble agressif.

Serait-il plus judicieux d'adresser ce patient à une consœur, un confrère ? Un psy plus âgé qui lui inspire davantage de respect ? À vingt-neuf ans, puis-je asseoir mon autorité face à un tel personnage ? J'exerce pourtant ce métier depuis bientôt sept ans. Après le bac, j'ai étudié la psychologie comme une évidence. J'étais destinée à ces études bien avant l'heure.

Monsieur Guerrand s'est arrangé pour ne pas répondre à ma question sur ses difficultés relationnelles. Tel un présentateur télé qui félicite un participant, il a pris le contrôle de la séance, alors qu'il est de mon rôle de diriger l'échange. Émanant de sa résistance, une forme de défi me pousse à éclaircir ses motivations.

— Qu'avez-vous ressenti juste avant de « dérailler » ?

— J'étais très énervé d'avoir trimé une semaine pour rien.

— Votre énervement résultait-il uniquement de ce mauvais calcul ?

— Que voulez-vous dire ?

— Indépendamment du travail, d'autres événements ont-ils participé à provoquer ce débordement ?

— Bien vu ! Décidément !

Son sourire plaqué s'affaisse avec les secondes. Rembruni, il s'égare dans ses pensées. Il garde le silence, promenant son regard le long des arrêtes joignant les murs au plafond. Je reprends :

— Regrettez-vous quelque chose ?

— Pas le moins du monde.

Un certain charisme irradie de lui, de sa posture, sa voix grave, ses traits ciselés et ses yeux bruns. Je me représente mal cet homme tordre le bras de son supérieur. Pourtant, si son récit est vrai, il peut se montrer brutal. Son absence de regrets ne laisse rien présager de bon. Pourvu que je ne sois pas tombée sur un psychopathe ! Troublée, je peine à rassembler mes idées pour poursuivre l'entretien. Pas de remise en question de son comportement, pas de culpabilité, pas de lien avec un événement antérieur... Je choisis la facilité.

— Avez-vous encore vos parents, des frères et sœurs ?

— J'ai ma mère, oui. Je n'ai pas vraiment connu mon père. J'ai un jeune frère dont je ne m'occupe pas. Il me sollicite sans arrêt, alors je ne lui réponds plus. Il est majeur et vacciné, il n'a qu'à se débrouiller.

— Vous paraissez détaché...

— Je ne chéris pas l'espèce humaine, vous savez. Je trouve les chiens beaucoup plus sympathiques. Dans le règne vivant, les hommes sont les animaux les plus hypocrites que je connaisse, mais je les vois venir de loin, alors ils ne sont pas menaçants. Et puis, mon métier m'aide. Je travaille à mettre des abrutis dans des fusées pour les envoyer dans l'espace. Puisque tuer est défendu par la loi, je les expédie là où ils ne me gêneront plus.

Le mot « prédateur » me vient à l'esprit.

— Vous n'avez aucun ami ?

— Je n'en ai pas besoin. Je me contente de relations courtes.

— N'avez-vous jamais eu de lien plus développé avec quelqu'un ?

— Mon ex, mais ça s'est terminé il y a quatre mois.

La chronologie des faits révèle que cette rupture pourrait être un facteur déclenchant de son *burn-out*.

— Certains êtres humains sont donc dignes d'intérêt ?

— Certains.

Son regard puissant se fixe dans le mien. Deux billes d'un marron virant au noir. Je hasarde :

— Et les autres ?

— Ils servent les intérêts des plus futés.

Sidérée par cette affirmation, je guette un signe de sarcasme sur son visage, mais il reste de marbre. Quelle vision réductrice ! Comment peut-il manquer d'humanité à ce point ? Pour lui montrer qu'une relation peut être différente d'un rapport dominant-dominé, je dois insister sur le positif. Dans sa vie, un lien amoureux a duré, c'est bon signe.

— Quel a été le problème avec votre ex ?

— Elle sortait trop, elle voyait des amis, elle rentrait tard. Je voulais être en couple, moi, pas en communauté !

J'explore plus amplement les raisons des conflits qui l'opposaient à elle. Il ne manifeste guère d'empathie à son égard. Dans l'équation, son désir, sa vision des choses et ses exigences paraissent présider seuls.

— Vous ne semblez pas très bienveillant envers votre prochain.

— Eh bien ! oui, c'est mon vice. Déplaire est mon plaisir, j'aime qu'on me haïsse ! Mon prochain, je le baise.

Un silence embarrassant s'installe. Il le tranche brusquement :

— Je dois dire tout ce qui me passe par la tête, c'est bien ça ?

— Vous pouvez, si vous voulez.

— En ce moment, je pense : « Elle est mignonne, la psy. Je vais la séduire et la faire tomber ».

Je laisse échapper un rire court comme un hoquet.

Les attaques du cadre thérapeutique sont fréquentes, mais rarement aussi frontales. L'essentiel est d'éviter la réponse impulsive, la justification ou la surenchère. Il vaut mieux pointer l'agressivité dans le processus relationnel plutôt que s'offenser d'une remarque et s'enliser dans un conflit.

— Pour vous, la relation est synonyme de rapport de force ?

— Surtout avec la gent féminine. La séduction me saisit, me rend vivant. N'est-ce pas le sentiment le plus grisant ?

— Peut-on séduire son prochain sans le « baiser » ?

— Avec une femme, il est impossible de communiquer sans toucher. Comment saurait-on où commence et où s'arrête la séduction ? Mon moment préféré, c'est l'attente. Rester tapi dans les hautes herbes comme un chasseur. J'observe, j'écoute, je prends mon mal en patience. J'étudie toutes les stratégies, une effusion mentale incroyable. Finalement, une partie de chasse, c'est 99 % d'excitation pour 1 % de plaisir. Le tout est d'armer discrètement et de débusquer sa proie. Si la femme se sent en confiance, elle offre d'elle-même son ventre et on le lui gratte du bout du canon. Vient la meilleure partie où l'on s'interroge : quel sera le coup fatal ? Une attention ? Un geste ? Une discussion ? Chaque femme a un point faible. S'en approcher doucement pour le cerner, analyser les moyens de la faire tomber... Là, je ressens des choses !

Trop estomaquée par l'ensemble de sa description, je me fixe sur un détail.

— Qu'entendez-vous par « la faire tomber » ?

— La séduire totalement. Lui faire jouer le premier rôle dans sa propre perte. Parfois, je fais même participer ses proches. C'est encore plus excitant quand il y a un ex insistant ou un autre prétendant dans l'histoire. En confident exemplaire, je la mets en confiance, je la fais parler d'eux. Je retiens leurs traits de caractère et je prédis leurs réactions. Je lui conseille d'adopter tel comportement qui les rendra fous et leur fera commettre un impair. Je les écarte un à un, car mon objectif est de m'approprier son esprit et son corps.

— Et après ?

— Après, ça ne m'intéresse plus.

Un psychologue est capable d'entendre autant de problématiques qu'il existe de patients, mais certaines demeurent plus difficiles à envisager que d'autres. Comment peut-on trouver du plaisir à terrasser quelqu'un ? Je repense à sa métaphore du canon sur le ventre de la femme. Elle aurait fait jaser un congrès entier de psychanalystes...

Je regarde discrètement l'horloge numérique derrière lui. Il reste quinze minutes. J'aimerais m'arrêter là et je le pourrais. Sa description de la « chasse à la femme » m'a été insupportable. Me provoquait-il ou m'expliquait-il réellement sa façon de procéder ? Suis-je en présence d'un pervers ? Différemment d'un psychopathe qui ressent peu d'émotions, un pervers agit avec plaisir, dans la jouissance vicieuse de malmener l'autre. Prend-il son pied à me décrire ses fantasmes ? Son but est-il de me choquer ? Un tel patient est à fuir, mais ne consulte-t-il pas justement pour travailler sur son fonctionnement ?

Sceptique, je poursuis mon interrogatoire :

— Ne ressentez-vous jamais de culpabilité ?

— De quoi ?

Il s'esclaffe. Il est le seul à s'amuser. Irritée, je m'autorise à le provoquer, moi aussi. Mon ton est celui de quelqu'un qui perd patience.

— Qui éclate de rire acquiesce ?

— Qui éclate de rire s'en fout.

Une malice brille dans son regard. Il se délecte de m'avoir fait sortir de mes gonds. J'ai relevé son défi et il a gagné : nous sommes à présent dans une opposition contre-productive. Le silence qui s'ensuit attise mon sentiment d'échec. Indifférent à mon trouble, mon interlocuteur se lisse l'intérieur de la main droite du pouce gauche. Il masse ses articulations comme on le fait après avoir donné un coup de poing.

Ignorant son affront, je décide de persévérer. S'il doit débuter une thérapie ici, j'aimerais évaluer ses capacités d'introspection et d'ouverture à l'autre.

— Vous mettez-vous parfois à la place de ces jeunes femmes ?

— Sans culpabilité ni empathie.

Ce répondant ! Je saisis évidemment la référence à la devise « Sans foi ni loi ». Me met-il en garde ? Vais-je m'embarquer dans un jeu relationnel glissant ? Tentée de rebondir sur ses derniers mots, je contiens fermement mon envie de répliquer. Une thérapie n'est pas un combat d'ego. Ce patient suscite en moi un sentiment d'infériorité que je cherche à contrer. Dans l'impasse, je choisis de résumer sa problématique. Reformuler relance souvent l'échange thérapeutique.

J'articule lentement :

— Vous vous décrivez réfractaire aux relations humaines qui provoquent pourtant chez vous de fortes émotions. Par votre absence de considération morale, vous malmenez les femmes alors qu'elles participent à vous rendre vivant.

Pas une ride ne bouge sur son visage et je réalise que mon intervention ne l'invite pas à répondre. Il soutient mon regard comme pour me renvoyer mon affirmation grotesque. Mes derniers mots se teintent d'un sentiment de honte rarement ressenti avec un patient. En tant que psys, nous prêtons une attention particulière à nos émotions. Un manipulateur orchestre en nous la gêne, la culpabilité, la dépréciation ; c'est ainsi qu'on l'identifie.

Monsieur Guerrand se retourne vers le dossier de sa chaise pour attraper son manteau.

— Alors, Madame Fauris, pouvez-vous faire quelque chose pour un cas désespéré comme le mien ?

Son sourire chaleureux me déroute. Nous étions dans l'opposition une minute auparavant ! Indifférentes au contexte, ses expressions de visage ne coïncident pas avec ses propos. Son absence manifeste de logique est destinée à me désarçonner pour tester mes réactions. Plus de doute : je suis en présence d'un pervers.

Saisissant mon agenda, j'annonce :

— La séance prend fin, Monsieur Guerrand.

Il sort un petit carnet de la poche droite de son manteau. À présent, il joue à l'enfant docile.

— Je vous écoute pour la date du prochain rendez-vous.

Je chasse l'agaçante impression qu'il se moque de moi. Les patients souffrant d'un trouble de la personnalité épuisent les soignants. Souvent dans la provocation ou sujets à des réactions non maîtrisées, nous leur imposons constamment des limites. Leurs thérapies s'avèrent longues et éprouvantes, parfois vaines.

Je suis tentée de recevoir Monsieur Guerrand une seconde fois malgré son contact irritant. Avant de m'engager à le suivre, je souhaiterais étudier plus en profondeur son économie psychique et son rapport à l'autre. Pourquoi est-il venu me consulter ? En dénigrant les contacts humains, se préserve-t-il de l'attachement, perçu comme un danger ? Qu'y a-t-il derrière ses mécanismes de défense ?

Inconscients et automatiques, ces processus ont pour but de diminuer l'angoisse. Ils s'activent pour protéger la personne de conflits internes ou externes. Face à un stress important par exemple, l'individu se défend en décompensant — l'esprit développe un trouble psychique — ou en tombant malade — c'est le corps qui portera le symptôme, dit psychosomatique. Ces défenses sont plus ou moins adaptatives, parfois immatures, voire inefficaces.

Je consens :

— Si vous le souhaitez, nous pouvons nous revoir la semaine prochaine. Même heure le 11 avril ?

— C'est parfait. Avez-vous un stylo ?

Il saisit celui que je lui tends avec délicatesse et il note soigneusement le rendez-vous.

— La secrétaire s'occupera du règlement. Si vous pouvez vous adresser à elle avant de partir…

— J'ai réglé la séance dès mon arrivée.

— Très bien. Alors, à jeudi prochain.

Je me lève et il m'imite, enfilant son manteau. Il me serre la main avec force, comme pour me signifier que, malgré tout, il remporte la partie. Après avoir esquissé un sourire, il ouvre la porte et disparaît, laissant dans son sillage une nuée de sentiments épineux.

Souvenirs

En deuxième année d'études, en cours de psychologie sociale, l'enseignant proposa un exercice. Comme souvent, il n'expliqua aux étudiants qu'une vague consigne, le but étant d'analyser son effet sur nous. Il nota au tableau : « Je suis... » et nous demanda de compléter la phrase par trois mots nous décrivant. Sur un morceau de papier, nous nous attelâmes à la tâche. Certains cachaient leurs réponses à l'aide de leur main. L'amphithéâtre devint étrangement silencieux.

Le premier adjectif à éclairer mon esprit fut : « hyperactive ». N'avais-je pas toujours été agitée ? Ma famille s'organisait selon mes besoins sportifs et supportait ma frénésie sans broncher. Mon père rattrapait mes maladresses : il achetait la vaisselle en grande quantité pour remplacer les pièces cassées par mes soins, s'improvisait couturier pour rapiécer mes vêtements déchirés, apaisait les invités choqués par mon comportement. Enfant, au déjeuner comme au dîner, je salissais mes vêtements avant même de me mettre à table. Je contrais ainsi l'angoisse de me tacher qui entravait mon plaisir à manger. Ma tenue déjà sale, faire deux taches plutôt qu'une m'était égal.

Chez mon père et mon frère, l'habitude avait gommé la volonté de modérer mon impulsivité, mais en société ou dans ma famille élargie, elle posait problème. Mes cousins m'accusaient d'être mauvaise joueuse quand je délaissais brusquement la partie d'un jeu de société et mes tantes malpolie quand je coupais cours à la conversation pour me ruer dehors. Ils m'inculpaient à tort : j'avais juste trop d'énergie pour rester concentrée plus de dix-quinze minutes. Un avantage, cependant, était d'échapper aux piqûres d'insectes quand nous dînions dehors, les soirs d'été. Je gigotais tant que les moustiques désespéraient de se poser sur ma peau tendre et se rabattaient sur mes voisins.

Étais-je encore cette tornade déchaînée ? N'avais-je pas, toute mon enfance, fourni des efforts pour m'adapter au monde ralenti, calme et poli ? À ma droite, un camarade plaqua son stylo sur la table pour indiquer qu'il avait fini l'exercice. Je me concentrai sur le choix du deuxième adjectif. Je suis, je suis… Sous le mot « hyperactive », j'inscrivis : « la fille de mon père », car c'était indéniable. Malgré son calme apparent et son désintérêt pour les championnats sportifs, nous avions un goût commun pour le risque et l'adrénaline.

Je fus tentée d'ajouter : « la sœur de mon frère », car sans Liam, je ne serais jamais devenue celle que je suis. Je me perdis quelques instants dans des souvenirs qui dessinèrent sur mes lèvres un sourire nostalgique. Notre proximité s'apparentait à un miracle. Malgré une base génétique similaire, nos caractères — et, qui plus est, nos métabolismes — semblaient diamétralement opposés. Vu nos tempéraments et les attentes sociales, j'aurais pu être un homme et lui une femme.

Alors que la foule d'étudiants présents dans la salle commençait à comparer ses réponses, je notai finalement : « responsable ». Hormis mes troubles du comportement, j'avais toujours su faire face aux situations délicates. J'avais aussi souhaité me désolidariser de ma mère en adoptant cette attitude raisonnable.

La première question de l'enseignant fut :

— Qui s'est d'abord décrit par son genre ?

Plus de la moitié des étudiants leva la main. Étonnée, je réalisai que je n'y avais même pas pensé. « Je suis une femme ». Cette évidence biologique n'engendrait qu'un timide sentiment d'appartenance. Me sentais-je femme ? Ces dernières années, tout juste. Cet apprentissage était si long ! D'ailleurs, avait-il une fin ? Mon style vestimentaire reflétait mon ambivalence : je ne portais jamais de jupe ou de haut décolleté. Pour ma défense, je n'avais pas eu de modèle féminin valable. Ma mère ne donnait absolument pas envie de lui ressembler.

L'air narquois, l'enseignant demanda :

— Qui s'est ensuite décrit par un trait de caractère ?

Une centaine d'élèves se manifesta. Je constatais que, de nouveau, ma réponse différait de celles de mes camarades. Mais si la normalité était un fleuve, n'avais-je pas toujours été accrochée à la berge ni pleinement dans le flot ni tout à fait refoulée par le courant ?

— Enfin, qui s'est positionné quant à ses semblables par un rôle ou un statut social ?

Cette fois-ci, une minorité répondit présent et je me joignis à eux avec soulagement.

Séance deux

J'ai prévu quinze minutes de pause pour me détendre une fois la séance terminée. Les autres patients n'ont pas à supporter mon humeur irritable après mon entretien avec Monsieur Guerrand. Ce serait lui accorder la place qu'il exige d'avoir, la jouissance de me déstabiliser. J'arrêterai l'entrevue à dix heures quinze, comme prévu, puis je boirai un thé en analysant tranquillement nos interactions. J'ai modifié mon emploi du temps pour mon confort personnel, pas pour le sien.

Plus je me remémore notre première séance, plus je prends la mesure de son fonctionnement pervers. Sans condamner ses écarts de conduite, je lui ai offert le parfait terrain pour se vanter de son machiavélisme. Comment garder le contrôle ? Va-t-il de nouveau contrer mes interventions pour attaquer le cadre ? Suis-je suffisamment solide pour diriger cette thérapie ? J'ai vu des centaines de patients, des centaines de fois. J'ai toujours été professionnelle, sans jamais me laisser submerger par mes émotions. Sauf une fois.

J'étais en stage dans un hôpital psychiatrique parisien, en dernière année d'études. Dans un des rares bureaux disponibles, je recevais une patiente arrivée la veille, hospitalisée d'office après une tentative de suicide. Un bandage autour de la tête, effondrée, elle me décrivait son acte. Une vieille carabine de chasse, le gouffre du désespoir, l'absence de solution ou de perspectives. Une voix dans sa tête l'avait insultée, poussée à presser la détente. Je l'interrogeai sur cette voix similaire à celle de son père.

Toute son enfance, la patiente avait été maltraitée par ce dernier. Elle énuméra les souffrances infligées à la petite fille qu'elle était. Plus les détails se succédaient, plus me montait à la bouche un goût acide. Je n'avais jamais rien entendu de tel. Ces violences ressemblaient à des tortures pratiquées par les pires bourreaux. Imaginer qu'une fillette ait pu les subir me retourna les tripes. La patiente avait encore le visage de cette enfant, les joues rondes, les cheveux hirsutes et bouclés, l'air apeuré. Ses grands yeux bleus étrangement fixes débordaient de pleurs. Comme détourés, je ne vis bientôt qu'eux. Deux yeux trempés flottant au milieu du bureau.

Alors qu'elle poursuivait le récit de l'enfer enduré, je me sentis soudain harassée. Je me tordis les doigts sous la table pour me réveiller, mais toute sensation avait disparu. Sans tolérer une phrase de plus, mon esprit s'était retiré au loin comme la mer délaisse le sable. Les sanglots de mon interlocutrice hachaient des mots qui me semblaient issus d'une langue étrangère. Ma vision s'obscurcit et la pièce disparut, rongée par des insectes noirs. En proie au sommeil, je m'abandonnai à un état comateux. Mon corps glissa lentement sur le fauteuil.

Je songeai alors au livre *L'effort pour rendre l'autre fou*, étudié à l'époque. Harold Searles y explique que le patient, éprouvé par son expérience de vie, projette sa souffrance sur l'autre — en l'occurrence, le psy. Il tente de le rendre fou comme on l'a rendu fou lui-même, créant des situations paradoxales où la conscience est tiraillée. Il observe les effets des comportements qu'il reproduit pour s'assurer qu'on puisse survivre à une telle épreuve. Si le soignant ne supporte pas la situation, le patient conclut qu'il ne peut y réchapper. S'il la gère au contraire, le patient comprend qu'il peut s'en sortir lui aussi.

Ainsi cette patiente me communiquait-elle toute sa détresse, au risque de m'anéantir. Alors que je l'avais invitée à un entretien d'accueil pour se présenter, elle avait enchaîné les confidences écorchées. Elle observait à présent la psychologue s'effondrer à l'écoute de son histoire de vie. Qu'allait-elle en déduire ? Face à un malaise pour seule réaction, elle risquerait d'abandonner tout espoir de résilience.

Forte de mes réflexions, je puisai dans mes ressources pour garder les yeux ouverts. Je raidis mon corps et je me concentrai sur le voyant clignotant d'une imprimante, comptant les éclats lumineux. Huit, neuf, dix. Petit à petit, je récupérai mes esprits.

La patiente parlait toujours, essuyant régulièrement ses yeux de plusieurs mouchoirs roulés en boule. Elle n'avait pas remarqué ma fuite impromptue. Heureusement, l'entretien prit fin quelques minutes plus tard. Le « merci » presque crié de cette femme se grava en moi. Dès qu'elle fut hors de ma vue, je me précipitai dans le bureau infirmier pour m'allonger sur la table de soins. Je rapportai, fébrile, mon étrange expérience à mes collègues.

Pendant plusieurs mois et à chaque fois que je croisais cette femme, un malaise s'emparait de moi. Je redoutais nos séances, mais je m'y astreignais, docile, développant une gestion émotionnelle inconnue jusque-là. J'expérimentais le phénomène de l'*habituation*, constatant qu'au fil des entretiens, je jugulais ma peur qui diminuait, doucement apprivoisée.

L'appréhension de voir Monsieur Guerrand me déstabiliser s'estompe à ce souvenir. Que pourrait-il se passer, après tout ? Influencée par mes craintes, j'ai pensé qu'il était dangereux, mais je sais gérer un patient difficile et je suis capable de me défendre. Je peux décider d'arrêter la thérapie si elle devient nocive : je suis maître du cadre.

Psychologue spécialisée en thérapie cognitive, je sais relativiser mes « pensées automatiques », appelées ainsi, car elles apparaissent en même temps que l'émotion ressentie. Irrationnelles, elles commencent souvent par « il faut » ou « je dois » et nous imposent des croyances douloureuses sur nous-mêmes, les autres et le monde. Les gens se porteraient mieux si nous les éradiquions, mais les psys auraient moins de travail…

En flânant dans la pièce, mon regard se pose sur le réveil numérique perché sur l'armoire : neuf heures quarante ! Je me précipite hors de mon bureau vers la salle d'attente.

— Monsieur Guerrand ? Venez. Désolée pour le retard.

— Ce n'est rien.

Sa courtoisie et son élégance — sous un blazer noir, il est vêtu d'un pull blanc aux mailles fines qui épouse parfaitement son torse et d'un pantalon chino beige — induisent en erreur sur sa personnalité profonde. Il n'est pas étonnant que les femmes échouent dans ses bras sans se méfier !

Il m'évoque le personnage principal d'un film de Michel Deville, *Raphaël le débauché*. Cet homme sans morale ni scrupules s'enivre et séduit les femmes pour se divertir. Il provoque pleurs et désespoir chez ses prétendantes si bien que la plus pure d'entre elles va jusqu'à se pervertir pour lui plaire. Malgré ses sentiments pour elle, il la repousse et la condamne à un mariage dégradant avant de se donner la mort.

Cette fois-ci, Monsieur Guerrand file sur son siège sans promenade préalable. Il me fixe, immobile, avant d'ôter sa veste pour la plier sur ses genoux. Constatant qu'il garde le silence, je choisis d'aborder directement sa problématique, révélant mon ressenti quant à notre première rencontre. Il me faut développer sa flexibilité cognitive, élargir sa pensée, bousculer ses croyances, dénoncer son comportement.

— Vous savez, ce qui m'a frappée, la dernière fois, c'est votre manque d'empathie. Vous ne concevez pas que les jeunes femmes que vous « faites tomber » souffrent après votre passage dans leurs vies. Vous n'envisagez pas que vos collègues aient pu être choqués par votre explosion de colère. Alors je me posais la question : pourquoi venir consulter ?

Mon intervention le déconcerte quelque peu. Il ne s'attendait pas à une telle franchise de ma part. Dans une impasse, j'utilise fréquemment le « dévoilement de soi ». Partager mes impressions avec le patient lui permet de percevoir la situation sous un autre angle et relance le travail thérapeutique. De plus, cette technique l'invite à m'imiter et dévoiler des sentiments habituellement dissimulés.

Les rides du front de Monsieur Guerrand se plissent légèrement, comme s'il hésitait entre le jeu et la confidence. Il opte pour la deuxième option :

— Je vois bien que quelque chose cloche dans mon comportement. Les autres n'agissent pas comme moi. Je ne suis pas heureux, en fait. Je ne sais même pas ce qu'est le bonheur. Prévert disait qu'on le reconnaît au bruit qu'il fait en partant. Moi, je ne l'ai jamais entendu ni entrer ni sortir.

Ses yeux se sont-ils humidifiés ? À mon tour, je suis surprise par sa sincérité. Je tiens enfin les rênes de la thérapie. J'aimerais exploiter ce moment au mieux pour l'accompagner vers la remise en question, encourager l'interaction constructive.

Je l'interroge plus en détail sur sa définition du bonheur, souvent dépendante des standards sociaux. Elle est diffuse, entre solitude et désir de proximité, comme s'il cherchait un objet dont il ignore l'apparence. Abordant la question sous un autre angle, je demande :

— Avez-vous une idée de ce qui cloche chez vous ?

— Vous avez évoqué un manque d'empathie, je vous fais confiance.

Il sourit malicieusement. Comme la première fois, il inverse habilement nos positions en me rendant le rôle principal, puisque j'y tiens tant. Agacée, je rentre dans le vif du sujet.

— Vous demandez-vous si ces jeunes femmes souffrent ? Avez-vous de leurs nouvelles après les avoir « fait tomber » ?

— Aucune. Je passe par des sites de rencontre. J'utilise un pseudo, des photos de profil floues et je veille à ne divulguer aucune information sur moi. Une fois que j'ai conclu chez la fille ou à l'hôtel, je la bloque et je disparais de la circulation. Le lendemain, je réactive un de mes anciens comptes, j'en crée un nouveau ou je change d'appli... et c'est reparti.

— Diriez-vous que c'est une addiction ? Avez-vous déjà vécu une période sans ce genre d'échanges ?

— Jamais. Rien de pire que l'ennui.

— Pas d'autres passions ?

— La physique quantique, l'astronomie, la philosophie, l'Histoire, la littérature et la botanique. Je suis très doué avec les plantes, des doigts de fée.

En effet, ses doigts sont fins et soignés.

— Elles vous plaisent ?

— Pardon ?

— Mes mains. Vous les avez regardées plusieurs fois déjà.

L'embarras empourpre légèrement mes joues. Je m'apprête à démentir sa supposition, mais je me retiens. Surtout pas de justifications avec lui ! Garder le contrôle. L'amener à ce qu'on appelle une « expérience émotionnelle correctrice », une façon d'être en relation sans séduction machiavélique, sans calcul malsain. Je ne jouerai pas le rôle qu'il attend des autres femmes. Je veux lui montrer qu'une communication sincère, d'égal à égale, a plus de valeur.

Ignorant son petit jeu, j'esquisse un sourire.

— Une de vos stratégies pour faire tomber l'autre est de le mettre mal à l'aise ?

Il sursaute.

— Vous l'êtes ?

— Bien sûr.

Je soutiens son regard. Ses yeux bruns cerclés de noir ne cillent pas. J'explique :

— Vous attaquez le cadre, comme on dit dans notre jargon de psys. Vous savez bien que votre comportement pose problème, sinon vous n'auriez pas consulté. Vous auriez poursuivi votre chasse à la gazelle, tapi dans les hautes herbes. Depuis peu, vous souhaitez travailler sur vous et je vous en félicite. J'aimerais vous y aider, mais pour cela, vous devez vous plier à ce qu'on appelle le « cadre thérapeutique » : honorer les rendez-vous et respecter la relation de psychologue à patient pour tendre vers un objectif thérapeutique commun. Sans ça, je ne pourrai rien faire pour vous. C'est comme obéir à un règlement pour pouvoir pratiquer un sport, vous comprenez ?

Il marmonne, l'air renfrogné :

— Je vous ai vraiment manqué de respect ?

— En tout cas, vous cherchez souvent à me déstabiliser. Vous êtes dans l'opposition plutôt que dans la collaboration.

Il se mord la lèvre inférieure.

— Pardon, alors.

Est-ce une provocation de plus ou sa façon de prendre acte de mes recommandations ? Lasse de cette tension et de mes interrogations constantes, je jette un coup d'œil à l'horloge. Encore vingt minutes. Même un entretien avec un patient dépressif est plus agréable !

— Je vous ai froissée ?

Son regard brille de nouveau, alors que ses traits restent figés dans une expression neutre. J'affirme :

— Pas du tout, mais j'apprécie que vous fassiez preuve d'empathie en vous en préoccupant.

Un rictus soulève un coin de sa bouche. Son moment d'authenticité aura peu duré. Qu'y a-t-il à tirer d'un tel patient ? Peut-il investir sérieusement la thérapie ? Serait-il plus impliqué avec un collègue plus âgé ?

— Et maintenant, je vous parle de mes parents ?

Ses épaules sont secouées par un rire silencieux. Mon ton moqueur s'inspire du sien :

— Seulement si vous voyez un divan dans la pièce.

Un soulagement accompagne ma réplique, immédiatement suivi de remords. Son don de m'agacer ne doit pas me détourner du but de nos rencontres : le soutenir.

Après lui avoir expliqué la différence entre la psychanalyse et les thérapies cognitives et comportementales, je résume :

— Nous pouvons travailler sur le passé, mais aussi sur le présent, sur vos difficultés au quotidien. Par exemple, réfléchir à des moyens de mieux vivre avec vous-même et les autres.

— Moi, ça va. Je m'ennuie certes plus que d'habitude à cause de l'arrêt de travail, mais je suis au clair avec moi-même, je ne souffre pas. Ce sont les autres qui ont un problème.

Il se révèle, à d'autres moments, trop intelligent pour avoir recours au mécanisme de défense primaire qu'est la projection – accuser l'autre de ce que l'on ressent soi. Devant sa mauvaise foi, je tranche :

— Très bien. Vous souhaitiez parler de vos parents ?

— La famille est un sujet difficile à aborder pour moi.

Je lui laisse quelques secondes pour changer d'avis, sans retenir un soupir discret devant son silence. Optant pour une technique de thérapie brève stratégique, je conclus :

— Si vous n'avez plus rien à dire, nous allons clore l'entretien.

Il laisse transparaître une confusion malgré sa nonchalance affichée. Coupable de ressentir autant de jubilation, j'explique :

— La parole vous étant douloureuse, je préfère abréger votre supplice.

Son visage se chiffonne alors qu'il admet :

— Je suis navré que la séance prenne fin. J'aurais voulu vous parler de quelque chose...

Mon intervention thérapeutique aurait-elle fonctionné ?

En thérapie brève stratégique, le paradoxe est particulièrement utilisé avec un patient résistant. Le thérapeute le désarme en adoptant un comportement opposé à ses attentes. Il « prescrit » au patient sa résistance au changement — ici, arrêter prématurément la séance. Ainsi, ce dernier n'a plus besoin de se défendre contre sa peur de la nouveauté — se confier. Ce paradoxe court-circuite ses mécanismes psychiques habituels et rend favorable un comportement opportun — lui donner envie de parler.

Attentive, je concède :

— On peut prolonger un peu la séance, dans ce cas.

Monsieur Guerrand examine ses ongles, laissant filer les minutes. Veut-il se venger de mon désir d'écourter l'entretien ? De temps en temps, il fronce les sourcils, comme perdu dans de sombres pensées. Cherche-t-il à éveiller ma curiosité ? Les manipulateurs sont doués pour susciter des sentiments prémédités chez les autres. Ils les manient comme on ordonnerait à des musiciens de jouer d'un coup de baguette.

Soudain, il lâche :

— Je n'ai pas supporté que mon ex se barre.

Quand ses yeux se plantent dans les miens, ils sont remplis de haine. J'encadre son émotion d'une voix douce :

— Cela a dû être un moment difficile pour vous. Que s'est-il passé ?

Il hausse les épaules.

— Les choses ont mal tourné, mais je vous raconterai ça la prochaine fois. Je ne voudrais pas vous retenir plus longtemps, vous avez certainement du travail. Même heure, jeudi prochain ?

Il se lève et me tend la main, comme s'il décidait seul de la fin de l'entretien. Sidérée par son habileté à retourner la situation, je la lui serre avant de l'observer quitter la pièce, sa veste sous le bras. Moi qui l'espérais prêt à investir la thérapie, il m'a encore flouée.

Souvenirs deux

Un mercredi après-midi — je devais avoir douze ans —, j'errais comme souvent dans la maison à la recherche d'une occupation. Pour une fois, je n'étais pas en colle pour comportement turbulent en classe. J'aurais aimé profiter de ma liberté pour passer l'après-midi dehors, mais le mauvais temps normand m'en dissuadait. Alors que je parcourais le salon, mon père, à nouveau dérangé dans sa lecture, posa son livre sur le fauteuil duquel il se leva.

— Prends une polaire, ton gros manteau et un bonnet. On part se promener.

Je crus à une blague, car un vent à décorner les bœufs faisait rage et le soleil printanier filtrait à peine à travers les nuages. Il ajouta :

— Deux pulls, une écharpe, des gants, un collant, de grosses chaussettes et tes bottes.

Habitué à mon déficit d'attention, il répéta la liste. Je fis remarquer :

— Je n'ai jamais eu de collant.

Ce fut peut-être la première fois que mon absence de féminité le frappa. Il resta interdit, les yeux arrondis par la surprise, puis il haussa les épaules.

— Je vais t'en prêter un.

Émerveillée, je suivis mon père jusque dans sa chambre. Se travestissait-il tel le chevalier d'Éon ? Avait-il conservé des vêtements de ma mère ? Collectionnait-il les bas de conquêtes ?

Il me tendit un collant en polaire, ainsi qu'un T-shirt en microfibre. J'étais extrêmement déçue, mais intriguée par cette étrange préparation. Qu'allions-nous faire, déguisés en hommes des neiges ?

Responsable d'une société de location de huit bateaux, mon père était affairé. D'avril à septembre, il courait de gauche à droite pour recevoir des locataires ou pour caréner en urgence l'un de ses voiliers. Les avaries se succédaient au rythme des clients inexpérimentés.

L'hiver, il sortait ses voiliers un à un pour les bichonner, poncer la coque, changer une pièce, vernir un panneau de bois ou réparer un circuit électrique. Nous l'aidions volontiers quand il nous réquisitionnait pour la maintenance. Je passais le Kärcher sur la quille pendant que mon frère recousait une voile déchirée.

Ce mercredi-là, je fus étonnée de constater qu'à la sortie du village, nous prenions la route de Granville, puis celle du port de plaisance, sans nous arrêter sur la zone de carénage. Je trottais aux côtés de mon père le long de la panne J, serrant les mains calleuses des marins qui nous croisaient. Tous le saluaient avec beaucoup d'affection, certains lui demandaient conseil ou service. Mieux qu'un chevalier, mon père était le roi des pontons.

Je me hissai à sa suite sur Horta, agrippant les filières du *Sun Odyssey 40* de la flotte Fauris. Les mains sur la barre, mon père déclara :

— Quarante pieds de bonheur.

Puis son regard se durcit et il s'exclama :

— Va t'habiller ! Mets toutes les couches que tu peux.

J'obtempérai. Je sortis de la cabine boudinée et il me tendit une dernière épaisseur à enfiler : pantalon de ciré et veste de quart. Je m'équipai en perdant l'équilibre, poussée par la forte brise. Pour finir, je glissai mes pieds entourés de deux paires de chaussettes dans mes bottes.

— Largue les amarres !

Je tirai comme un cheval sur les bouts pour libérer certains nœuds de taquet. Le vent sifflait à mes oreilles et faisait tinter les drisses le long des mâts. Mon père alluma le moteur et les instruments de navigation, enleva le taud de grand-voile, sortit les cartes marines sur la table et prépara les gilets de sauvetage et les longes.

Quand je jetai la dernière amarre sur le ponton, il ordonna :

— Mets ton gilet et harnache-toi !

J'accrochai le mousqueton de ma longe d'un côté à la ligne de vie, de l'autre à mon gilet de sauvetage.

En prenant deux ris, nous hissâmes la grand-voile dans l'enceinte du port. Les vagues extérieures s'y engouffraient et le voilier valsait déjà. L'inquiétude me gagna alors que nous franchissions les portes du port. Celles-ci passées, les éléments se déchaînèrent. Rapidement séchés par les rafales, des embruns parsemaient mon visage. De grosses vagues heurtaient la coque et résonnaient comme des coups de tonnerre. Je ne quittais pas mon père des yeux, perdue dans ce vacarme d'air et d'eau.

Un sourire satisfait aux lèvres, il tenait la barre à roue, consultant les instruments, levant le nez pour détailler la voile ou défier le ciel. Je l'observais, recroquevillée dans un coin. Un mal de crâne m'enserra peu à peu les tempes. Les rafales glacées qui se glissaient entre le bord de mon bonnet et le col de ma veste me faisaient frissonner.

Mon père mit le voilier en pilote automatique, déroula le génois et moulina sur le winch pour border la voile. À mon grand soulagement, le bateau se stabilisa, grimpant sur les vagues avec plus d'assise. Au loin, la mer semblait rugir. Ses milliers de crêtes blanches découpaient l'horizon. Nous étions encore protégés par la pointe du roc où étaient perchés le sémaphore et le phare de Granville. Mon père mit le cap à une distance raisonnable de l'avancée rocheuse. Sa voix couvrant le vent, il hurla dans ma direction :

— Tu vas voir, ça va pulser !

La peur au ventre, j'imaginais l'enfer vers lequel il nous conduisait, au cœur de la tempête. Avait-il perdu la raison ?

Les derniers rochers dépassés, le vent forcit soudain et s'engouffra dans les voiles, poussant le mât vers l'eau. Le voilier gîta et j'entendis des objets glisser et rouler à l'intérieur de la cabine. Vu l'inclinaison d'Horta par rapport à la mer, il suffisait d'une petite impulsion pour tomber à l'eau. Je me cramponnai à ma longe, prenant appui de mes pieds sur la table fixée au milieu du cockpit. Mon père abandonna de nouveau son poste de barreur pour déborder et enrouler du génois.

La pression du vent dans les voiles diminuée, le bateau retrouva son équilibre. Il atteignit sa vitesse optimale selon le cap, la force du vent et l'état de la mer. Tranquille comme s'il lisait le journal, mon père respirait l'air iodé avec bonheur, tandis que je regardais s'avancer vers nous des montagnes d'eau menaçantes. Leurs cimes blanches soufflées par les rafales couvraient la mer d'une robe brumeuse. Le paysage était apocalyptique ; je n'avais encore rien vu.

Plus nous nous éloignions de la côte, plus l'océan se creusait. Tel un cheval sauvage, il se cabrait, envoyait ses longues pattes cogner la coque, s'ébrouait pour chasser les insectes fous osant l'approcher. Les vagues éclataient de chaque côté du bateau, explosant d'embruns qui montaient au ciel. Ce dernier noircissait à vue d'œil et des nuages compacts se refermaient sur la dernière parcelle gris clair.

Mon père tenait fermement la barre, esquivant les déferlantes. Je fermai les yeux et entrepris de prier malgré mon absence d'éducation religieuse. C'est alors qu'une vague imprévue s'abattit sur moi. Son contenu glacial s'infiltra dans les failles de mes vêtements et le long de ma nuque. Je criai de surprise — un cri rauque et affolé. Je secouai les membres pour égoutter l'eau salée qui ruisselait sur ma veste de quart. Le vent froid saisissait ma peau d'autant plus que mon visage était trempé. Même prier devenait hasardeux.

Encore sous le choc, je scrutai le visage amusé de mon père. Son regard luisait d'une complicité nouvelle. Après m'avoir souri avec beaucoup de tendresse et par-dessus le sifflement du vent, il s'époumona :

— Alors, t'as encore envie de gigoter, là ?

*

Ces escapades devinrent une habitude. À la mi-saison, le mercredi ou le week-end, quand un voilier échappait à la location et que le temps s'y prêtait, mon père me lançait :

— Tempête ?

C'était notre nom de code pour une sortie musclée en mer.

Malgré les risques encourus et la rudesse d'une telle virée, j'acquiesçai toujours. Je profitais ainsi des seuls moments où mon père était disponible. Liam nous regardait quitter la maison plein de gratitude, heureux de rester au calme. Il préférait les activités intellectuelles et discrètes.

Une dizaine de fois au cours de ma scolarité, mon père me dispensa même d'un après-midi de cours pour ne pas manquer « une belle dépression ». Il avait décidé de m'apprendre ce que l'océan lui avait enseigné : « la sagesse, le sang-froid et l'humilité ». La première fois, j'entendis : « l'humidité » et je trouvai le terme particulièrement adapté. Je compris tout le sens de cette formule au fur et à mesure des coups de vent. Par force sept, tout est différent.

Peu de personnes admirent de l'intérieur la mer dans cet état de fureur. Énorme, violente, elle se fâche et s'emporte. Ses vagues majestueuses défilent, implacables comme certaines épreuves de la vie. On ne peut que s'y plier, dociles, et s'en servir pour avancer.

À la barre, dure à tenir, chaque vague est négociée. Parfois, le gouvernail ne répond plus et le voilier s'égare, bousculé par les vagues comme une coquille de noix. La proue s'envole et s'écrase dans le creux de ces dunes d'eau sans fin. Nos ventres se nouent, nos corps éprouvés se crispent. Les yeux plissés, on espère franchir ce bal mouvant sans dégâts. Avec l'orage et la grêle forcit le vent. Les minuscules glaçons giflent les joues et rougissent les mains. Les pluies d'embruns s'écrasent sur la peau, le sel brûle les yeux, les vêtements dégoulinent. Fracas, craquements de bois, l'eau éclate sur le pont puis regagne la mer.

Endurer ces mouvements brusques dans la tension et le froid rappelle au marin sa vulnérabilité. Tributaire de la météo, des éléments et du bon vouloir de la grande bleue, son ego disparaît. Il se cramponne, courbe l'échine, économise ses gestes, exécute les réglages à faire. Et toujours, le voilier poursuit sa course.

Lors des premières sorties, j'étais systématiquement malade, rendant mes tripes par-dessus bord. Je me vidais du dernier repas et de mon énergie comme se décharge une batterie. Lourde et abattue, le moindre mouvement m'épuisait. Je m'exerçais à la patience, harnachée et calée dans le cockpit en position fœtale.

Mon père me couvrait d'un regard bienveillant. Il déposait la VHF à mes côtés comme une récompense et, malgré le mal de mer, je tendais l'oreille. Les opérations de sauvetage se succédaient sur le canal seize. À quelques dizaines de miles nautiques, un voilier subissait une voie d'eau, un équipier était blessé ou inconscient, un bout coincé dans l'hélice condamnait le moteur d'une vedette. Le volume au maximum pour couvrir le bruit du vent, nous suivions de canal en canal l'avancée des opérations de secours. Imaginer des situations pires que la mienne me redonnait des couleurs.

Au fil des années, mon corps s'habitua à chevaucher la mer. Elle devint une alliée, une figure de référence. J'appris à barrer, régler les voiles, tracer une route et calculer le cap sur une carte marine. Les yeux fiers de mon père m'encourageaient à me dépasser. Je découvris l'euphorie du défi insensé de fendre les éléments, l'excitation de se mesurer à la mer crainte et adulée, l'heureuse satisfaction du retour au port, indemnes. Malgré ma peur, je restais calme dans les pires conditions météo. Compensant les mouvements du voilier, je respirais amplement : l'océan se soulevait pour moi.

Séance trois

La dernière séance avec Monsieur Guerrand m'a éprouvée. Le soir venu, j'étais épuisée de me remémorer notre dialogue. J'ai tenté d'extraire les raisons de nos positionnements, de nos attitudes. Puis j'ai estimé que Monsieur Guerrand ne méritait pas tant de réflexions et d'énergie. Il ne respectait pas ma volonté sincère de l'aider, il avait joué avec moi comme avec ses proies sur les sites de rencontre.

Seul face à un patient difficile, un psy s'embourbe parfois dans un jeu relationnel toxique ou persévère dans une direction contre-productive. Sans solution évidente, il en appelle à l'expertise de ses collègues, organisant une « intervision ». Cette réunion d'entraide entre soignants vise à débloquer certaines situations cliniques. Ensemble, ils reprennent la chronologie des séances, ils effectuent l'analyse fonctionnelle du problème, ils explorent leur contre-transfert et, souvent, le partage d'expériences et les conseils s'avèrent précieux pour le confrère dans l'impasse.

Samedi dernier, j'ai confié le récit de mes déboires professionnels à d'anciennes camarades de promotion restées des amies. Juliane a rapidement fait remarquer :

— Il exploite ton trouble de l'attachement sans aucune considération pour ta personne. En alternant alliance thérapeutique et attaque du cadre, il instaure une relation ambivalente. Il réactive tes schémas d'abandon et de carence affective.

Un jargon qui signifie : « Il appuie là où ça fait mal ». Marion a ajouté :

— Sans parler de ta mère, son fonctionnement est semblable à celui de ton ex, Swan. Il va raviver tes douleurs passées et l'enfer de cette histoire.

Je me suis défendue, vexée par leur perspicacité :

— Il ne peut pas m'atteindre de la même façon, mon rôle professionnel m'aide à prendre du recul. J'ai envie de poursuivre la thérapie, de relever le défi. Il a les capacités cognitives pour changer, j'en suis persuadée. Pour l'instant, il ignore comment exploiter son intelligence et il la gâche dans un jeu pervers, mais je pressens qu'il peut évoluer. D'ailleurs, la relation qu'il m'a détruite…

Stoppant net ma harangue, j'ai dévisagé Marion avant de rectifier :

— Décrite.

Un beau lapsus... Marion a tranché :

— Lou, tu dois absolument le réorienter. Poursuivre cette thérapie te mettra en danger personnellement et professionnellement : tu ne peux pas suivre convenablement un tel patient.

Après cet aveu de faiblesse, je me suis rangée de leur côté. À quoi bon risquer ma santé psychique ? Même le code déontologique abonde dans mon sens : inapte à soutenir un patient, il est du devoir d'un soignant de l'orienter vers un professionnel plus compétent. D'autres patients respectueux, honnêtes et volontaires attendent que je les rappelle pour bénéficier d'un suivi. Aujourd'hui, ma décision est sans appel : je vais adresser Monsieur Guerrand à un confrère de la ville voisine, également formé aux thérapies brèves.

Avant de commencer ma longue journée de consultations, j'aime arriver en avance pour profiter du calme de mon bureau, boire un thé, consulter mon agenda, arroser les plantes. Je m'approche de la fenêtre où brille un soleil ragaillardi par la nuit. Postée devant le paysage urbain, je répète les phrases qui actent ma décision : « Je ne pense pas être la personne adéquate pour vous faire progresser. Vu vos questionnements, il serait plus adapté que vous consultiez un homme. J'ai un très bon psychologue et thérapeute à vous recommander à Viry-Châtillon. Notre collaboration s'arrête ici, au revoir et bonne chance ».

Alors qu'il caresse la rue tranquille, mon regard rencontre Monsieur Guerrand. Ce dernier effectue un créneau parfait dans l'habitacle de sa voiture pour se garer dans une place étroite. Une pointe d'agacement perce mon humeur et je jubile à l'idée de lui annoncer la fin de la thérapie. Après avoir claqué la porte du véhicule, il s'immobilise devant la vitre à demi teintée. Il lisse une mèche rebelle au sommet de son crâne et coiffe les cheveux qui traînent sur son front. Il ajuste d'un même geste les cols de sa chemise et de sa veste. Comme le ferait un homme vantant les mérites d'un *after-shave*, il tapote ses joues. Il recule d'un pas et sourit de façon crispée, tournant la tête à gauche puis à droite pour vérifier sa dentition. Satisfait, il se dirige d'un pas rapide vers l'entrée du cabinet.

Je reste interdite devant cette scène. Elle m'a à la fois exaspérée et touchée. Tentée de m'amuser du souci excessif qu'il a pour son image, sa face cachée faite de doutes et de vérifications m'émeut pourtant. Il est plus humain qu'il ne le prétend ! J'esquisse un sourire en réalisant qu'il soigne son apparence pour venir me voir. Croit-il pouvoir me séduire par son aspect impeccable ? Arrange-t-il particulièrement son image parce que je suis différente des autres femmes pour lui ? Vais-je réussir à créer un lien dans lequel il se montre plus authentique et vulnérable ?

En proie à un dilemme, je m'accorde une minute supplémentaire pour faire le point. Deux entretiens suffisent-ils pour évaluer l'investissement thérapeutique d'un patient ? Dois-je lui accorder une séance supplémentaire ? Une vive irritation comprime ma poitrine. J'observe ce grand malade se coiffer devant sa vitre de voiture et ma décision change ? J'ouvre brusquement la porte de mon bureau pour rejoindre la salle d'attente.

Installé face à moi et sans même avoir ôté sa veste, Monsieur Guerrand me demande :

— Comment allez-vous ?

Je détaille son visage, surprise, avant de répondre :

— Bien, je vous remercie. Et vous ?

— Pas mal, merci.

Alors que je m'apprête à entamer le sujet de sa réorientation, il soupire :

— J'ai réfléchi à notre dernière séance et même à la première. Vous aviez raison.

Piquée par un tel aveu, ma curiosité l'emporte sur ma détermination.

— Sur quel point avais-je raison ?

— Sur l'empathie. Dénigrer autrui m'amène à un ennui profond que ni l'infiniment grand ni l'infiniment petit ne peuvent combler. Seulement, j'ignore ce que signifie se soucier des autres. Je pense seulement à gagner des batailles, la guerre ne m'intéresse pas.

— Mais dans cette relation plus longue que vous avez eue avec…?

— Sarah. Oui, là, c'était la guerre, c'est vrai.

— Ou un moment de paix, justement ? Quand la bataille n'est plus de rigueur, vous pouvez enfin vous reposer sur une relation plus saine.

— Je me suis tellement reposé que je me suis endormi !

Les quelques secondes que je laisse passer gomment sa grimace ironique. Après m'avoir décrit son quotidien relationnel passé jalonné d'habitudes, il conclut :

— Quand on obtient une femme et qu'on la sait à soi, quel intérêt ?

— L'amour, l'échange, le quotidien, la sécurité affective !

— Bla, bla, bla. Vous préférez donc les histoires de princes et princesses aux camps militaires ?

Ferait-il référence à *Guerre et Paix* de Tolstoï ? Si c'est le cas, il se trompe, car au contraire, j'ai dévoré l'intégralité du roman. Je pourrais l'informer de sa méprise, mais la littérature russe n'a pas sa place dans notre discussion. Je dois maintenir un cadre thérapeutique strict et centré sur l'objectif de nos rencontres : développer un meilleur rapport à l'autre. Ignorant sa digression, je poursuis :

— Vous disiez ne pas avoir supporté que Sarah parte, c'est donc que vous ressentiez quelque chose pour elle…

— De la haine, oui ! Elle m'a fait croire qu'elle s'engageait à mes côtés pour que je la pense acquise et paf : elle m'annonce qu'elle rompt ! C'est comme dire à quelqu'un : « Viens, je te fais couler un bain » et lorsqu'il est dévêtu et prêt à s'incorporer à la mousse, il découvre que l'eau est gelée, voire qu'il y flotte un ou deux glaçons !

Les « un ou deux glaçons » ne sont que la partie émergée de l'iceberg. Cette histoire de rupture n'est qu'un prétexte : une avalanche d'émotions semble coincée en lui. Comment y accéder ? Ses défenses sont épaisses comme les murs d'une prison, menaçantes comme des douves profondes qui condamnent ceux qui s'en approchent à y dégringoler. Je prends le risque de m'y pencher.

— De nouveau, une question me taraude : ces sentiments appartiennent-ils à l'arrêt de cette relation ou à d'autres événements du passé ?

— C'est une devinette ?

— Écoutez, nous sommes ici pour faire une thérapie. Vous pouvez ne pas répondre à mes questions si le sujet est trop difficile à aborder pour vous, mais me provoquer comme vous le faites ne nous avance à rien, sauf à me montrer à quel point vous êtes dans l'opposition avec le monde entier.

— Comment le savez-vous ?

— Ce qui se passe en thérapie est le reflet de ce qui a cours à l'extérieur.

S'avançant vers le bureau, il élève soudain la voix :

— Vous trouvez que je m'oppose, là ?

Je tente de camoufler un mouvement de recul en me redressant. Nous nous regardons fixement. Une teinte rougeoyante nuance ses yeux bruns. Un frisson me parcourt, tandis que je demeure muette. Il est temps de renoncer à cette thérapie qui me dépasse. J'ai déjà trop attendu.

— Je vois qu'il est compliqué pour vous d'approfondir certains sujets. La colère semble prendre le dessus sur d'autres émotions plus douloureuses encore. Souvent, elle agit comme une cloche de verre qui recouvre la tristesse, la déception, la frustration… Je ne vous sens pas prêt à explorer ces émotions, à débuter un travail sur vous. De plus, vous enfreignez régulièrement les règles du cadre thérapeutique et je ne peux pas continuer dans ces conditions. Je vous transmets les coordonnées d'un collègue très bien qui...

— Vous m'abandonnez, c'est ça ?

Les tentatives de culpabilisation prévisibles chez les pervers, je tranche :

— Vous êtes plus intelligent que ça. Vous savez bien que l'abandon n'est pas la cause de l'arrêt de cette thérapie.

— Je n'ai pas respecté le fameux cadre ?

— C'est ça.

— Pourtant, j'ai fait preuve d'empathie en vous demandant comment ça allait. J'ai dévoilé certains problèmes comme mon absence de bonheur. Je vous ai parlé de mon ex, de ma famille !

Je reste impassible. Comme un enfant écœuré devant un plat d'épinards, il détourne la tête.

— Moi qui vous croyais une Rastignac de la thérapie...

Je retiens difficilement un sourire.

Toute jeune diplômée, je n'ai pas hésité à me lancer dans une activité libérale — en banlieue, pour limiter la concurrence. Dans les villes voisines, psychiatres, médecins, kinés, gynécos, orthophonistes ont été avertis de mon installation. J'ai distribué des cartes de visite dans les écoles, les maisons de retraite, les cliniques, les centres de santé publics. Mon énergie et mon sourire ont dû convaincre, car en peu de temps, les patients ont afflué. Quand il faut parfois des années pour constituer une patientèle, en huit mois, mon agenda était rempli. J'ai pu planifier mes consultations du lundi au vendredi, de neuf heures trente à dix-neuf heures quarante-cinq, en gardant les week-ends libres.

La même dynamique s'invite dans mes thérapies et je suis rarement dépourvue d'idées face à un cas compliqué.

Optimiste, je préfère m'évertuer à chercher des solutions plutôt que de baisser les bras. J'ai souvent plus envie de soigner les patients qu'ils n'en ont envie eux-mêmes.

Les desseins d'Eugène de Rastignac s'avèrent moins humanistes que les miens, mais je ne peux nier avoir des points communs avec ce personnage de Balzac. Cette fois, mon envie de relever la référence — en la pimentant d'un jeu de mots — l'emporte.

— Désolée, mais je ne fais que dans l'eugénisme.

Il sourit à son tour avant de hocher la tête, une expression de respect lissant ses traits. Il enchaîne :

— Vous serez donc honorée de mes progrès.

Nos sourires s'épanouissent ensemble.

Les moments de complicité avec les patients sont fréquents, car nous finissons par connaître parfaitement leurs pensées et leurs comportements. Quand elles se révèlent justes, nos prédictions facétieuses provoquent des éclats de rire, mais la connivence littéraire autour des mêmes références est beaucoup plus rare. Mon esprit excité s'enflamme à la recherche d'une répartie. Je songe au vinaigre balsamique, aux misères des courtisanes, à l'écrivain qui meurt endetté rue Fortunée. Finalement, j'opte pour :

— Plus de comédies humaines, alors ?

— J'essaierai.

— Parfait.

— La thérapie continue, alors ?

— J'essaierai.

Ses yeux se plissent de plaisir.

Croit-il avoir trouvé une compagne de jeu ? Est-ce le but d'une thérapie ? Je devrais reprendre ma position de soignante, car je participe à lui montrer que l'échange vif et vorace pour dominer l'autre est récompensé. Il a obtenu ce qu'il voulait : son charme a amadoué mes défenses.

— Qu'attendez-vous de la thérapie exactement ?

— Qu'elle m'aide à gérer mes moments de frustration.

— Vous parlez de ce qui est arrivé à votre travail ?

— Avec Sarah aussi.

Il soupire. Avant qu'il ne fasse une pirouette humoristique, j'avance :

— Vous vous êtes laissé aller à la colère et c'est la raison de son départ ?

— Je vous ai connue meilleure dans vos interprétations.

— En même temps, je tâtonne avec vous ! Vous n'apportez pas beaucoup de matière à travailler en thérapie.

Devant ses sourcils froncés, j'explique :

— Les moments d'authenticité font avancer la thérapie. J'en ai compté deux chez vous : quand vous avez parlé de votre absence de bonheur et quand vous avez évoqué le départ de Sarah.

— Pourtant, qu'elle soit partie m'était égal. Par contre, ne pas l'avoir anticipé m'a déboussolé. Elle m'a bien eu.

— Si on voit les choses différemment, vous n'aviez peut-être pas prévu son départ, parce que cette relation était sécurisante ? Si je comprends bien, vous étiez en couple de façon durable pour la première fois. Vous avez baissé la garde, parce que vous étiez en confiance, non ? Dans une relation, ce sentiment peut s'avérer reposant et constructif.

— Si s'estimer en confiance aboutit à ça, je préfère encore baiser les autres que me faire baiser.

— Mais vous leur infligez la même souffrance que celle que vous venez de décrire !

— Et c'est mieux comme ça, je vous le dis.

— Une relation peut être bénéfique des deux côtés ! Il n'y a pas forcément un vainqueur et un vaincu !

— Vous le pensez réellement ?

Sans prévenir, le souvenir d'un calvaire amoureux s'impose à moi. Il porte le prénom de Swan.

Son sourire tendre et faux qui me ménageait quand j'exigeais de discuter de notre relation. Sa façon de calmer ma colère en inventant des situations extravagantes. Cette fois où il m'avait exhortée de laisser la porte de chez moi ouverte toute une nuit. Je m'étais exécutée, m'endormant malgré mon excitation. Arrivé sans bruit, il avait tiré la couverture d'un coup sec et s'était jeté sur moi, m'entourant fermement de ses bras. Il avait murmuré dans mon cou des phrases invraisemblables : « Tu as voulu fuir, hein ? J'ai fini par te retrouver, même à l'autre bout du monde. J'ai traversé des dizaines de pays pour revenir à toi, je t'ai cherchée partout mais ne t'inquiète pas : je serai bientôt en toi ». Il avait déboutonné son jean. « Il y en a eu d'autres ? Combien ? Maintenant que je suis là, je vais te rappeler comment ça se passe avec moi ». M'immobilisant contre le matelas de tout son poids, il avait ouvert la fenêtre qui bordait mon lit. « Je vais te prendre devant tout Paris pour rappeler à tes amants à qui tu appartiens ». Il m'avait pénétrée comme un fou, me faisant crier de soulagement et de plaisir. Quand il me faisait l'amour, son être tout entier se répandait en promesses.

Il me chuchotait encore des mots délicieux quand, notre ébat terminé, nous demeurions allongés l'un contre l'autre : « Nous nous sommes enfin trouvés et, quoiqu'il arrive, nous nous retrouverons encore, je ne te laisserai jamais filer. Je tiens à toi, je te désire tant, je serai toujours là ». Je lui déclarais la réciproque, baignée de ses paroles auxquelles j'avais envie de croire.

Après une nuit, une journée ou une semaine d'une passion sans égale, il disparaissait un ou plusieurs mois sans donner de nouvelles. Aucune réponse à mes appels, mes messages ou mes mails. Il me rendait folle.

J'ai tardé à comprendre qu'il était seulement stimulé par le manque intense, puis les retrouvailles, la possession de l'autre malgré le temps et l'absence. Je me languissais de lui, imaginant sans cesse son retour. Malgré mon ressentiment, il savait que je céderais encore et encore à ses avances. Je l'aimais. J'espérais qu'un jour, il m'annonce qu'il resterait enfin avec moi. Je souhaitais devenir sa confidente pour résoudre le millier d'interrogations qui me hantaient à son propos.

Maintes fois, j'ai voulu m'en sortir. Le silence, les insultes, la rupture, bloquer son numéro, rêver d'une autre relation, rien n'a fonctionné. Swan était une argile qui durcissait avec le temps pour devenir une statue de pierre, figée au centre de ma vie. Après une trêve amoureuse dont la durée lui appartenait, il revenait sans fournir d'explications, échappant à mes questions pressantes et à mes pleurs par le mélange explosif de nos corps.

Je savais qu'ensuite, ne m'attendraient que goudron et plumes perdues. La chaleur et le poids du bitume. Je pétrissais moi-même cette pâte noire qui s'infiltrait partout, coulait en moi pour mieux me retenir prisonnière. Car il n'y avait ni cage ni geôle, j'étais ma propre tortionnaire, à entretenir ces sentiments délétères qui m'empoisonnaient.

Plus je m'infligeais le supplice de rester attachée à lui, plus je déniais la nocuité de cette relation en perdant toute estime de moi. Plus je m'enfonçais, plus je songeais : « Je ne mérite pas mieux que la poussière ». Je me cassais les dents au sol. Je creusais mon propre trou jusqu'à me noyer dans la boue.

Quand, trop affaiblie pour lui résister, je n'ai plus joué au jeu des retrouvailles dramatiques et enfiévrées, il est parti définitivement. J'ai attendu son retour de longs mois avant de me résigner. Cette histoire s'est étalée sur quatre ans, elle s'est terminée il y a six mois. Depuis, je refuse tout début de relation sentimentale. Je me reconstruis.

Si je ne suis pas la vaincue de cette histoire, qui suis-je ? La victime, la sotte, la naïve, la faible ? Je n'ai jamais pu me venger de lui. J'aurais aimé, pourtant.

— On dirait que vous avez souffert, vous aussi.

De la fenêtre, mon regard revient dans la pièce et se pose sur mon interlocuteur. J'ai envie de hurler : « J'ai souffert à cause d'un connard comme vous ! », mais je contiens mon amertume. Haussant une épaule, je réponds :

— Qui n'a pas souffert en amour ?

— Le grand Kierkegaard !

Il se perd en louanges sur la philosophie de son idole, admirant son indépendance intellectuelle, débarrassée de toute nuisance affective. Je finis par le couper :

— Détrompez-vous. Il affirmait que la relation amoureuse était la plus libre qui soit, mais il a toujours refusé de s'engager. Après avoir rejeté son unique fiancée, il a été tourmenté toute sa vie par ses désirs inassouvis.

— C'était le prix à payer pour évoluer tel qu'il l'entendait ! Cela ne l'a pas empêché de disserter sur l'amour.

— Il est facile de dire que celui qui aime a une dette quand on vit de rentes !

Il éclate d'un rire franc avant de me considérer avec l'estime de celui qui accorde un point à son adversaire. Je fais remarquer :

— Vous prenez comme modèle un des philosophes les plus torturés de l'Histoire, qui a écrit *Le concept d'angoisse* et *Traité du désespoir*. Si vous vouliez vraiment lui ressembler, vous éviteriez tout lien affectif avec vos semblables et vous ne seriez pas venu en thérapie !

— Peut-être que j'en avais marre. L'amour n'est pas fait pour moi, mais il m'attire. Pour ça, je ne suis pas si différent des autres.

Un fil dépasse enfin du tas de nœuds de son âme et je m'en saisis aussitôt.

— En quoi vous jugez-vous différent ?

— Je n'aime personne. Je sais quoi faire pour m'adapter, vivre en société, gagner ma vie, mais je m'ennuie. Je ne poste pas de photos sur les réseaux sociaux comme tous ces idiots qui s'extasient devant une tartine beurrée dans une assiette, un rayon de soleil ou les sourires crispés de leurs potes qui gâchent un beau paysage. L'humanité est d'un pathétique !

L'horloge indique dix heures douze : la séance se termine. J'ai pourtant envie de continuer. L'aversion de Monsieur Guerrand pour sa propre espèce m'intrigue profondément.

— Vous y allez un peu fort, l'humain peut être passionnant. Vous pourriez apprendre à aimer votre prochain en délaissant votre mépris.

— Vous ne comptez pas faire de moi un disciple de Louis IX, quand même ?

— Je n'ai pas cette prétention, non. Je suppose que vous lisez plutôt le *Léviathan* que le *Lévitique*.

— Et je ne suis pas assez sain.

Je souris à son jeu de mots. Après une pause, il ajoute :

— Vous m'impressionnez, vous savez.

Ses yeux se voilent d'une fine rosée. Ne me laissant pas troubler, je m'interroge à voix haute :

— L'influence d'une thérapie peut-elle être comparée à celle d'une personnalité historique ?

— Lequel des Louis ?

— Pas le quinzième. La débauche fait partie de sa vie ; j'aurais échoué à vous aider.

— Et je ne crois pas être si « bien aimé ». Disons le précédent ?

— Pas au début de sa vie, car vous n'évolueriez pas beaucoup. Ni à la fin, pour éviter un changement trop radical.

— Pourtant, la Montespan vous irait mieux que la Maintenon.

Je ris malgré moi de son habile flatterie.

Passé le plaisir distillé par son compliment, mon sens clinique ressurgit. Si Monsieur Guerrand n'était pas du tout empathique, comment développerait-il cette complicité avec moi ? Joue-t-il le rôle de l'homme maudit en dissimulant sa véritable identité ? Quelle autre personnalité se cache derrière son masque de misanthrope ? J'annonce plus sérieusement :

— Notre séance doit s'arrêter là. Semaine prochaine, jeudi 25, même heure ?

— Tout pareil.

Après une poignée de main franche et chaleureuse, il quitte la pièce.

Je me surprends à sourire en repensant à cette séance. Je me suis délectée de nos échanges sur l'Histoire ou la philosophie sans m'ennuyer une seconde. Nous semblons nous intéresser aux mêmes périodes, aux mêmes auteurs. J'ai rarement partagé cette passion avec quelqu'un, hormis mon frère. Aujourd'hui, quel jeune préfère une biographie de Louis XIV à *Game of Thrones* ? Un essai de Schopenhauer à un roman de Musso ?

Alors que je songe à nos jeux de mots et à nos yeux fendus par le rire, cette connivence m'apparaît déplacée. Aurais-je dû le recadrer, garder mon sang-froid, ne pas me laisser happer par le plaisir de la rhétorique ? Arrêter la thérapie comme prévu ? À présent, je me suis engagée à la poursuivre et j'ai envie de comprendre cet être étrange, retranché et vivace. Que lui est-il arrivé pour devenir haineux, moqueur, indifférent au sort de ses semblables ? Devrais-je approfondir le sujet de sa famille, l'interroger sur sa mère, son frère, son père ? Fait-il naître chez moi ce désir de le cerner ? Me ment-il parfois ? Croit-il que j'ignore comment distinguer la sincérité de la flatterie ?

Envisage-t-il de me faire tomber ?

Souvenirs trois

Enfant, à cinq heures du matin, je me levais toujours la première. J'admirais par la baie vitrée les feux des rares bateaux qui parsemaient la mer — notre maison était perchée sur une falaise. Le phare de la Pierre-de-Herpin, au large de Cancale, m'envoyait trois clins d'œil en six secondes.

Lassée du paysage nocturne, j'allumais les lumières pour me lancer dans la préparation du petit-déjeuner de la famille. Suivant les instructions d'un épais livre de cuisine, je faisais des crêpes, des muffins, un gâteau, des sablés… souvent ratés. Je dosais approximativement les ingrédients ou je sautais des étapes de confection par manque de rigueur. Mes années d'expérience en gastronomie de fortune aiguisèrent néanmoins un autre sens culinaire : je goûtais la pâte et évaluais d'emblée si elle manquait de farine, de sucre, d'un œuf. Je mesurais les ingrédients à vue, estimant rapidement les grammes et les décilitres.

À l'adolescence, mes plats et mes pâtisseries gagnèrent en complexité et je fis la joie de mon père et de mon frère. La présentation laissait certes à désirer, mais ils applaudissaient ma persévérance. Le soir, je préparais le dîner dès mon retour des cours. La cuisine était une des rares activités d'intérieur socialement admises qui s'approchaient de l'exercice physique, avec passer l'aspirateur, dépoussiérer les meubles et ranger les courses. Je m'y adonnais avec enthousiasme, m'activant pour confectionner un menu entrée-plat-dessert.

J'aimais surtout mélanger, pétrir, râper les carottes, couper les légumes, hacher les herbes aromatiques : tout ce qui demandait un effort. Mon plus grand plaisir était de piquer à outrance une pâte brisée ou feuilletée, une fourchette serrée dans le poing. Tous déformés, les plats à tarte subissaient mes foudres. Je ne ratais jamais la mayonnaise et aucun grumeau ne subsistait dans ma pâte à crêpes.

Quand les autres enfants se seraient fait prier, je me portais volontaire pour mettre la table, la débarrasser, remplir la carafe. Rapporter les plats vides et le dessert représentait autant d'excuses pour me dégourdir les jambes. Rester assise en ne remuant que les bras toute la durée d'un repas s'avérait une rude épreuve.

Je bénissais aussi le jardinage et le bricolage. J'assistais mon père quand il cisaillait les branches de la haie, les entassant dans une brouette que je déchargeais au fond du jardin. Il m'emmenait avec lui au port pour entretenir ou réparer les voiliers de son entreprise de location. Je nettoyais les cales, « briquais » le pont, dévissais les panneaux de bois. Quand la réparation s'avérait trop technique, j'avais interdiction d'approcher les pièces défectueuses. À la moindre tâche minutieuse, je trépignais, m'énervais et cassais tout.

J'étais souvent punie en classe, trop agitée et incapable de me concentrer. Mes stylos tombaient au sol à répétition et mes jambes tressautaient. Les instituteurs à l'école puis les professeurs au collège désespéraient : « Où est le bouton *off* ? » Je pratiquais le judo le lundi, le volleyball le mardi, la voile le mercredi, le badminton le jeudi, sans compter les matches de volley le samedi et les compétitions de badminton le dimanche.

Jour sacré de mon père, seul le vendredi restait exempt de mouvement. Aucune activité, aucune sortie, « un soir R.A.S. » comme il l'appelait. Nous le laissions tranquille derrière son magazine *Voile et Voiliers*, reconnaissants de sa dévotion pour nous — pour moi surtout. En quelques minutes, il s'endormait, engoncé dans son fauteuil, bercé par la chaleur de la cheminée du salon.

Nous nous installions sur le canapé avec des sandwiches et nous visionnions un film d'action — je ne m'intéressais à aucun autre genre cinématographique à l'époque. Avant d'aller nous coucher, nous réveillions notre père qui sursautait. Il regagnait sa chambre à l'aveuglette pour terminer sa nuit, le visage fané et les yeux mi-clos.

Mon frère était mon exact opposé. D'une placidité à toute épreuve, il pouvait rester accroupi des heures à observer des fourmis transporter des graines. Quand il se relevait, il marchait comme un crabe sur ses jambes restées pliées. Il s'enfermait dans sa chambre et, sous une lampe de chevet, il peignait à l'acrylique des figurines Warhammer ou dessinait des planches de BD.

Ne tolérant aucun meuble hormis un lit et un bureau — son armoire à vêtements se situait dans le couloir — il utilisait le sol pour de nombreuses activités. Il y dispersait des pièces de Lego *technic*, les alignant par taille et par forme. La langue tirée, après avoir délicatement aplati la notice, il construisait des sous-marins ou des avions pendant que je sautais sur son lit.

Chaque année à Noël, mon père s'évertuait à trouver un cadeau qui m'occuperait quelques mois et « musclerait ma concentration ». Il évita très tôt les poupées et les Playmobil. Les coloriages géants et les puzzles constituaient autant d'offrandes pour mon frère — il terminait un mille pièces par semaine. Dans mes mains, les petits trains, les pistolets laser et les voitures téléguidées étaient cassés en peu de temps. Les jeux de construction me désintéressaient vite, sans parler des jeux de société. Ses trouvailles miraculeuses furent un vélo d'appartement et un sac de frappe pour me défouler les jours de pluie, un *bodyboard*, une paire de rollers, un cerf-volant de traction et, bien sûr, j'avais toujours un VTT à ma taille.

Malgré mon hyperactivité, mon père ne m'emmena consulter aucun spécialiste. Il évitait tout contact avec les médecins jusqu'à nous priver des points de suture nécessaires quand nous nous blessions. Après avoir désinfecté la plaie, il appliquait des *Steri-strip* qu'il recouvrait d'une compresse stérile maintenue par deux bandes croisées de sparadrap. Il nous privait de jeux pendant trois jours et l'affaire était réglée. Incapable de respecter ses recommandations, mon corps restait éraflé de cicatrices disgracieuses quand mon frère ne conservait aucune marque.

La douleur ne fut jamais un frein, malgré mes contusions récurrentes et mes premiers efforts pour me canaliser émergèrent grâce aux fruits de mer. J'en raffolais. En Normandie, la dégustation de crustacés est un sport régional. Les décortiquer soigneusement permet d'en apprécier toute la saveur et la finesse, ce qui signifie prendre son appétit en patience.

Lors de mes premiers essais, j'avalais les crevettes roses avec les restes de leur peau craquante, les miettes de crabe et de carapace en une bouchée, sans faire le tri. Je délaissais les crevettes grises trop complexes à éplucher pour le peu de chair avalée. Puis, frustrée de ce gâchis, je me mis à profiter de chaque bouchée et pour ne pas compromettre une telle saveur, je décortiquai avec méthode chaque crustacé.

Je me dépensais en malmenant la carapace des araignées, tourteaux et autres langoustes, serrant la pince à crustacés d'abord avec la main gauche, puis la droite et, en cas de force majeur, les deux. Je restais à table toute la durée du repas, armée d'un maillet casse-crabe. Fort de ses observations, mon père commandait un plateau de fruits de mer chaque fois qu'il organisait un repas de famille.

Séance quatre

Il nous arrive d'avoir des atomes crochus avec certains patients. Quelques fois, nous rencontrons quelqu'un qui pourrait être un frère, une amie, un amant, une âme sœur, mais nous nous cantonnons à une relation à la fois intense et limitée. Intense, car si la thérapie est fructueuse, nous explorerons les aspects de sa personnalité, et limitée, car nous ne verrons jamais ses proches ou son lieu de vie. Nous nous restreindrons à dialoguer avec elle.

Même si nous appliquons des techniques prédéfinies, notre personnalité domine le processus thérapeutique. Le patient finit par répondre à nos attentes, notre vision de la vie, nos réflexions sur les problèmes. Il nous ressemble dans sa confiance retrouvée, sa logique ou sa sensibilité, son interprétation des événements. Nous le trouvons de plus en plus sympathique.

Enfin, la thérapie s'arrête et nous nous séparons d'un possible ami qui rit des mêmes blagues que nous. Il s'évanouit dans la nature, alors que nous avons recueilli son âme et ses secrets pendant des mois, voire des années. Notre rôle a parfois déterminé sa vie, car notre pouvoir est incontestable.

Lors de leur première consultation, certains patients remettent entre nos mains leur futur proche, leur destin déjà abîmé. Ils avouent, très déprimés : « J'aimerais que la thérapie m'aide, mais je songe aussi à la mort ». Ils sont certes responsables d'eux-mêmes et de leurs agissements, mais nous en sommes aussi responsables, parce qu'ils sont trop faibles pour assumer seuls ce rôle. Nous devenons en quelque sorte des parents adoptifs.

Aux premières loges, nous assistons aux changements positifs qui ravivent ces âmes en peine. Elles s'ouvrent au monde comme des fleurs à leur premier printemps. Quel plus beau cadeau qu'un « Merci, vous avez changé ma vie, c'est grâce à vous si... » ? Évidemment, nous contestons : « C'est surtout vous qui avez évolué, je n'ai fait que vous guider », mais en nous, la fierté abonde comme une invitée pressée. La reconnaissance est une des carottes de ce métier.

J'ai de nouveau prévu une heure de consultation avec Monsieur Guerrand. Poser les bonnes questions pour cerner le fonctionnement d'un patient brillant et souffrant d'une problématique rare condense en moi tous les plaisirs de ce travail. Je veux prendre le temps d'explorer toutes les pistes expliquant sa personnalité.

J'aimerais aussi définir avec lui des objectifs et un programme thérapeutiques clairs. Ces garde-fous m'empêcheront de me laisser déborder par une interaction inappropriée. Développer une complicité avec des patients n'est pas exclu, mais la tisser avec Monsieur Guerrand s'avérera sûrement illusoire. Je soupçonne qu'elle soit destinée à mieux me « faire tomber ».

Si je réussis à le recadrer, je pourrais orienter la thérapie sur l'empathie, le don de soi, la protection de l'autre et l'amour, ce Graal qui semble l'attirer. Suis-je trop optimiste ? Peut-on guérir un patient qui collectionne la psychopathie, la personnalité antisociale et la perversion ? Est-ce sain de relever un tel défi ou suis-je plus dérangée que lui ? Neuf heures trente s'affichent et je me lève machinalement.

Rasé de près, vêtu d'un costume bleu roi impeccable, Monsieur Guerrand dit comme une excuse :

— J'ai un entretien d'embauche à onze heures.

— C'est une bonne nouvelle !

Le coin droit de ses lèvres est boursouflé et des égratignures rougissent sa pommette gauche déjà bleutée. Je ne témoigne d'aucune inquiétude concernant ses blessures : il serait trop flatté. Après avoir fermé la porte, nous nous installons de part et d'autre du bureau. Il explique :

— C'est une entreprise que je n'ai aucune envie d'intégrer. Je vais à cet entretien seulement pour informer les prochains recruteurs que j'intéresse leurs concurrents. Ainsi, je gagne en valeur.

Le col déboutonné de sa chemise laisse le tissu se fendre sur son torse. L'orée d'un duvet de poils apparaît. Il ajuste un bouton de manchette et sourit.

— J'ai suivi vos recommandations : je suis venu en Louis XIV.

— Avant la refonte des meubles en argent et des couverts versaillais !

Il hausse les épaules.

— La guerre est un art qui détruit tous les autres.

Je ne connais pas ces paroles du Roi Soleil, mais j'acquiesce sentencieusement. A-t-il révisé son Histoire de France, lui aussi ?

Il fait craquer les os de ses doigts et remue sur sa chaise.

— Vendredi soir, je me suis battu en boîte. Je commandais un bourbon au bar, à côté d'une femme désirable. Je l'avais observé danser avec un type robuste quelques minutes auparavant. Elle semblait s'ennuyer. Je lui ai proposé un verre qu'elle a accepté en pouffant.

Pas spirituelle, mais divertissante. Visiblement intéressée, elle m'a questionné sur mon métier, mon âge et ma vie sentimentale. C'était trop facile pour être captivant, mais je n'oubliais pas que son copain trapu débarquerait sous peu. Et en effet, le voilà qui rapplique, marchant comme un compas qu'on fait tourner d'une pointe sur l'autre. Il s'est posté derrière moi pendant que je dégustais mon *Marker's Mark*. Il m'a attrapé l'épaule et m'a fait pivoter sur mon siège. Je l'ai laissé faire. Puis, je me suis levé et j'ai réalisé qu'il faisait une tête de plus que moi. Il était vraiment massif, pile ce dont j'avais besoin : un gros con à éclater. Depuis que je ne travaille plus à les envoyer dans l'espace, c'est dur pour moi.

Il soupire avant de marquer une pause. Interloquée par la trivialité de son histoire, je le dévisage. J'ai l'impression de me trouver face à quelqu'un d'autre.

En passant l'index sur le coin gonflé de ses lèvres, il me fixe. Il semble guetter quelque chose sur mon visage. Espère-t-il déceler un signe d'intérêt ? Imagine-t-il que ses déboires en boîte de nuit me captivent ? Il croise les jambes et s'éclaircit la gorge. Sans révéler mon profond désintérêt, j'attends. Il reprend :

— La femme a posé la main sur le torse du type en faisant mine de le retenir. Pendant qu'il me toisait pour décider de l'issue d'une éventuelle bagarre, dans ma tête, je faisais défiler des musiques.

— Des musiques ?

Satisfait d'avoir récupéré ma curiosité, il confirme :

— Dans un combat, on est plus efficace avec une musique en tête. Elle donne le rythme des esquives et des coups, elle diffère l'empressement à attaquer, elle tempère les émotions primaires qui affluent avec le sang.

Je n'ai jamais entendu parler de cette technique, mais j'en comprends l'utilité. Une musique connue me rassurerait dans une telle situation. Malgré mon manque de discipline dans l'enfance et l'adolescence, je ne me suis jamais battue.

— Il me fallait une chanson énergique, enragée, mais pas trop, car je devais économiser mes coups : mon adversaire forçait le respect. Une musique avec un temps fort sur quatre à peu près, deux esquives, une parade, une attaque. Mes coups devaient être puissants, précis, mes esquives et mes parades rapides. Alors que mon rival engageait les hostilités, affirmant que j'avais dragué sa copine, j'ai lancé la chanson *That's Not My Name*. Mon premier coup devait correspondre à un temps faible de préférence, pour que tout soit fluide ensuite.

Saisie par l'aisance avec laquelle il détaille cette scène, je me demande s'il a répété son texte.

— J'avais repéré que l'homme était droitier et que son nez avait été fracturé par le passé. Cette cible serait la dernière, mon ultime attaque, celle qui le ferait tomber. La certitude rendait l'action moins saisissante, mais je pouvais faire durer le plaisir en le laissant frapper dans le vide. Et tout était parfait ! Il a envoyé son premier coup de poing sur le mot « *Bell* ». J'ai penché la tête à droite et j'ai compté « un ». Son autre poing a tenté une percée vers moi et j'ai encore esquivé : « deux ». Le voyant déstabilisé, j'ai décoché un premier coup sur « *her* » : « trois », mais le bourbon devait brouiller ma vue, car j'ai cogné son front. Les gens se sont écartés pour transformer la piste de danse en ring. J'ai reculé un peu. En laissant défiler les paroles, je voulais reprendre le rythme. Il m'en a envoyé un bon sur la pommette et j'ai répliqué en attendant le dernier

« *name* ». Sont venues les deux-trois phrases du refrain et on a tous les deux secoué la tête pour récupérer nos esprits. La séquence s'est répétée : il a bourriné, j'ai esquivé, je m'en suis pris un dans la lèvre et je l'ai cogné à mon tour. Au loin, j'ai entendu des aboiements : les videurs allaient mettre fin à notre petite fête. Est arrivé le refrain final avec les chœurs derrière ; formidable. En un éclair, je suis passé entre ses bras repliés, j'ai attrapé son col, j'ai sauté et boum ! Je lui ai mis un coup de boule dans le nez. Fatal. Il s'est effondré comme un arbre qu'on abat.

Il semble prolonger la jouissance de ce souvenir, le visage radieux. Puis ses traits s'affaissent et il se désole :

— Je vous ai choquée...

Pas seulement : je n'ai jamais entendu un récit aussi détestable et stupide, qui plus est de la part d'une personne cultivée. Monsieur Guerrand a volontairement provoqué un homme imposant pour se défouler. Il lui a cassé le nez pour soulager sa haine de l'humanité. Une semaine auparavant, le même patient se montrait d'une subtilité admirable dans ses jeux de mots. Je le pensais prêt à s'engager dans la thérapie et à respecter le cadre. Nous avions passé un accord. Je ne suis pas seulement choquée, non : je suis déçue.

— Pourquoi me raconter ce conflit ?

— Oh, je vous résume simplement ma semaine, comme on le fait chez son psy.

— Vous semblez avoir ressenti du plaisir à préparer vos attaques, votre stratégie. Du plaisir à blesser l'autre.

— Ça m'a fait du bien, c'est vrai. Je ne me lasse pas d'y repenser, tant le rythme correspondait parfaitement à l'enchaînement des coups. En plus, le déroulement des événements m'a surpris : l'armoire à glace savait se battre !

— Écoutez... C'est trop pour moi. J'ai l'impression que vous vous servez de cette consultation pour glorifier vos exploits. Je suis outrée et vous rayonnez. Vous savez bien qu'un tel exposé de violence n'a pas d'intérêt dans une thérapie, sauf si vous voulez remettre en question vos actes. Vous n'ignorez pas que la loi interdit les coups et blessures volontaires, mais vous vous réjouissez de l'enfreindre.

— Je me dévoile trop... Peut-être ai-je fini par vous faire confiance ?

Je soupire en secouant la tête.

— On avait un accord. Plus de forfanterie de votre côté, plus de transgressions du cadre et je continuais à vous suivre. Mais je crains que vous ne sachiez pas respecter cette entente.

Il hausse brusquement le ton :

— Vous pensez vraiment qu'un patient change du jour au lendemain ? Vous êtes bien naïve ! Ou alors vous passez à côté de votre métier ! Vous voulez faire de moi un ours en peluche ?

— Vous n'avez pas à me dire comment faire mon métier. Vous essayez de retourner la situation, d'inverser les rôles. Cela fait partie de votre fonctionnement, mais je n'accepte pas ça ici !

— Vous avez un ego trop fragile pour supporter nos échanges, voilà tout.

Alors que je m'apprête à lui ordonner de quitter mon bureau, il se lève et annonce :

— J'arrête la thérapie. Merci pour rien, vous ne m'avez été d'aucune aide. Vous m'avez seulement un peu diverti.

La porte qu'il claque rebondit violemment sur ses gonds.

Je demeure assise sur ma chaise, sans voix, avant qu'une colère sourde ne monte en moi. Quelle insolence ! Il m'a même volé l'instant où je le congédiais. Il m'a fait perdre mon temps, mon énergie, ma bienveillance, mon intégrité. Restent l'arnaque et l'échec cuisant. Heureusement, la séance a duré peu de temps et j'ai une demi-heure devant moi pour me calmer.

Ses mots tournent en boucle dans ma tête : « Vous êtes bien naïve », « Vous passez à côté de votre métier ». Qui est-il pour juger de mes qualités et de mes failles ? Il a lui-même saboté la chance que je lui offrais de progresser ! « Vous ne m'avez été d'aucune aide ». Quel manipulateur ! C'est lui qu'il faudrait envoyer dans l'espace !

L'injustice qui me dévore ne s'estompe pas. J'aimerais lui asséner quelques méchancetés, moi aussi, et rectifier la fin de l'histoire. Je ne tomberai pas dans son piège en m'attribuant la faute. Aucun patient ne s'est jamais plaint de moi, je m'implique sans compter : j'ai assez d'énergie pour en transmettre à ceux qui en manquent. Les patients qui me consultent sont satisfaits des outils que je leur propose.

Je pousse un soupir aussi douloureux qu'un râle. Mes justifications prouvent que Monsieur Guerrand a raison sur un point : je me suis construite en gonflant mon « ego trop fragile » pour compenser le vide. Défenses affaiblies, incapacité d'aider, inutilité d'exister. Il m'a poignardée à l'endroit où la plaie n'était pas suturée, avant de remuer la lame du couteau en son fond. Il m'a persuadée que notre relation était solide, puis il l'a détruite d'un revers de la main. Il me rappelle ma mère lunatique, un jour avenante, un autre indifférente, voire agressive.

Souvenirs quatre

Ma mère ne quitta pas officiellement mon père, elle quitta la maison. Rêvant de devenir écrivain, elle se rendit à Paris pour assister à un atelier d'écriture de deux semaines. J'ignore ce qu'elle y découvrit mais elle ne revint jamais ; sa façon à elle de prendre congé de nous. Mon père n'exigea aucune explication, il n'implora pas son retour. Pour lui, cette disparition fut une bénédiction.

Elle me manqua les premiers mois, ainsi qu'à mon frère. Nous n'avions que six et quatre ans. Elle affirmait au téléphone que nous lui manquions également, mais elle n'était jamais à l'origine des appels. Son absence, le défaut d'explications et la soudaine amélioration de l'humeur de mon père créèrent une atmosphère confuse.

Les enfants s'attribuent souvent la responsabilité de leur souffrance. Liam et moi condamnions nos personnalités inintéressantes et adressions à ma mère par la Poste des dessins alambiqués pour lui prouver notre valeur. Quand nous lui rendions visite, nous les découvrions entassés par terre dans un angle du salon.

Ma mère s'installa dans un appartement aux Lilas où nous passions les vacances. Confinés dans quarante mètres carrés, nous évoluions en huis clos pour la première fois. Pas de portail à ouvrir, pas de jardin vers lequel se ruer, pas d'escaliers à dévaler, pas de possibilité de courir d'une chambre à l'autre, pas de cave pour ranger des vélos.

Dès la montée dans le train à destination de Paris, mon calvaire se profilait. Liam dessinait, pestant régulièrement contre les mouvements imprévus de la voiture pendant que je regardais le paysage défiler, parcourant l'allée quand l'immobilité m'exaspérait. Je me préparais à affronter l'état de santé de ma mère, trop distraite pour envisager une autre occupation. Mon esprit débordait de recommandations : « Sois calme, ne t'agite pas, veille sur Liam ». Prenant une grande inspiration, je me persuadais que tout était supportable.

Sur le quai de la gare Montparnasse Vaugirard où elle nous attendait, nous déterminions au premier regard dans quelle phase notre mère évoluait. En période de dépression, son œil grand ouvert clignait peu et restait fixé sur des détails avant de se mouvoir de nouveau. Ses cheveux à la fois gras et désordonnés couronnaient son visage blême. Il s'illuminait de longues minutes quand elle nous apercevait, avant de s'affaisser comme une coulée de boue pour retrouver une expression neutre. Nous attendions presque impatiemment que le délire lui redonne vie.

En phase maniaque, la direction de son regard aurait pu suivre les itinéraires brusques et absurdes des mouches coincées dans une pièce. Il semblait à l'affût d'une attaque ou d'une preuve. Le maquillage et la tenue excentriques, elle nous chuchotait de rester discrets. Nous trottions jusqu'à la station Saint-Placide pour prendre le métro, alternant avenues, rues et boulevards pour semer d'éventuels espions.

Nous déjeunions à notre arrivée dans l'appartement. Animés par la joie des retrouvailles, nous rendions compte à notre mère de nos scolarités, nos amis, nos loisirs et d'anecdotes familiales. Elle hochait la tête, un sourire figé aux lèvres. Son repas terminé, elle affirmait qu'elle « devait produire » et elle s'isolait dans sa « boîte à création », une pièce réservée à l'art où elle dessinait, peignait ou écrivait.

Un jour, alors qu'elle prenait sa douche, mon frère et moi nous glissâmes dans sa chambre. Des piles de livres alignées délimitaient des allées menant aux différents points stratégiques de la pièce : un lit, une armoire et un bureau. Nous avançâmes prudemment dans cet espace surchargé. Les murs étaient couverts de feuilles punaisées exposant des croquis, des poèmes, des plans de bâtiments imaginaires. Sous l'unique fenêtre de la pièce, un large bureau subissait le même sort. Intercalés entre des feuillets, des cahiers numérotés s'entassaient sur sa partie gauche, laissant la droite nue pour écrire.

Je saisis un des livrets pour le parcourir. Je tombai sur des pages remplies de chiffres sans suite logique, suivies d'interminables phrases. Je tentais de démêler les mots, avant de me résigner : ces écrits n'avaient aucune signification. À Liam qui tendait la tête pour essayer de lire, je confiai qu'elle nous rédigeait une histoire pour enfants et je refermai vivement le cahier pour le replacer à l'identique.

Quand ma mère disparaissait le soir dans cet antre mystérieux, je m'occupais du repas et de faire manger mon frère. Je préparais notre lit avec les draps que mon père avait ajoutés à mes affaires — nous dormions sur un matelas gonflable entre la table du salon et un vaisselier. La « boîte à création » aurait pu être notre chambre, mais il en était autrement.

Nous nous endormions en échangeant des questions sur le monde, allongés sur notre radeau d'air. Nous évitions soigneusement des sujets comme la folie, le suicide, l'hérédité des troubles psychiatriques et nous nous concentrions sur des interrogations concrètes : pourquoi la mer est-elle bleue ? Comment un paquebot peut-il flotter ? Combien de temps vit un lombric ? Réfléchir nous écartait du précipice.

Les délires de ma mère se multiplièrent au fil des années. À l'époque, ses inventions quotidiennes me semblaient inoffensives. Elle nous proposait par exemple d'admirer le perroquet du Gabon qui se perchait le matin au bord de sa fenêtre. Elle notait avec zèle les idées créatives qu'il lui glissait à l'oreille. Puis elle lui jetait en récompense plusieurs poignées de grains de maïs. Elles dégringolaient sur le toit d'ardoises pour s'accumuler dans la gouttière qui débordait les jours de pluie.

Indifférente à mes protestations, elle tenait à me sortir elle-même de la baignoire quand je terminais ma douche. L'en empêcher était impossible : la porte de la salle de bain ne fermait pas à clef. Elle m'enveloppait dans une grande serviette éponge et me hissait dans ses bras pour me reposer sur le tapis de bain. Nommant les parties du corps qu'elle frottait, elle me séchait vigoureusement. À la fin, j'avais quatorze ans.

Manquant d'argent, elle écrivait aux industries de la grande distribution pour leur faire part des défauts de leurs produits. Elle rédigeait de vraies missives, réclamant une indemnisation pour « des feuilles de salade noircies par l'humidité massive régnant dans le sachet », « des mousselines de thé éventrées dont le tissu a goût d'huître », « du lait concentré dont l'aspect caillé et la texture pâteuse évoquent un mauvais camembert ». Elle ne manquait pas d'imagination. Le soir, au lieu de nous lire une histoire comme l'aurait fait une autre mère, elle déclamait avec fierté les lettres d'excuses du service client des marques

prestigieuses. « Je les fais cracher dans leur propre soupe ! »
ricanait-elle, avant de fourrer les bons d'achat dans son
porte-monnaie.

Son attitude amusait quelques fois Liam qui rougissait,
les joues gonflées d'éclats de rire. Le reste du temps, la
santé fragile de ma mère, combinée au risque latent qu'elle
« craque », contenait nos besoins d'enfants de jouer, crier,
nous chamailler. Au vu de sa détresse la plupart du temps,
je me tenais bien. Comment aurions-nous survécu si je
déraillais, moi aussi ? Relativement tranquille, je jouais
aux Lego avec mon frère sur la moquette poussiéreuse du
salon. Je faisais la même activité plus d'une heure ; cela me
demandait une énergie folle.

D'autres jours, je sentais que tout effort pour me
dompter serait vain. La tension montait en moi telle une
mayonnaise bien battue. Mes membres sursautaient dans
des gestes de moins en moins maîtrisés. Mon être entier
fourmillait comme traversé par un courant électrique. Je
parlais fort, je riais nerveusement, les objets m'échappaient
des mains pour se briser au sol.

Liam s'introduisait alors dans la boîte à création pour
demander la permission d'aller au parc. Ma mère nous
l'accordait systématiquement si nous restions ensemble.
Je courais sur le chemin, suivie de loin par mon frère qui
s'arrêtait pour observer les rares fourmis présentes en ville.
Quand il arrivait au parc, je transpirais déjà d'avoir alterné
escalade, course et balançoire et nous faisions demi-tour.

La maladie de ma mère empirant, j'appris à rester
flegmatique plusieurs jours d'affilée. De terribles
migraines lui enserraient la tête et l'obligeaient à rester
couchée dans l'obscurité. Mon frère lui faisait la lecture
à la lampe frontale, tandis que je cuisinais son plat

favori : des branches de fenouil entourées de jambon de Bayonne et recouvertes de béchamel, tout juste gratinées et saupoudrées de cumin.

Quand une violente crise de larmes la happait, nous refermions doucement la porte, la laissant seule en proie à ses émotions. Qu'aurions-nous pu faire ? Nous nous cantonnions au silence, sagement installés dans la pièce d'à côté.

Au fil des années, lui rendre visite devint une corvée corrosive pour notre équilibre psychique. Aux prises avec des sentiments tumultueux, elle nous accusait d'être des enfants indignes. Elle prétendait que nous l'avions abandonnée en choisissant de vivre avec notre père. Elle utilisait des mots comme « couardise » et « haute trahison ». Or, à la suite de son départ et durant la procédure de divorce demandé par mon père, elle ne réclama jamais la garde. Elle savait autant que nous qu'elle serait incapable de nous offrir un quotidien sain.

Nous vivions ces séjours comme la traversée d'un tunnel. Plus que cinq jours, deux jours, un jour, quelques heures. Dans le train qui nous ramenait à la vie normale, je posais ma tête contre la vitre malgré les secousses. Mon frère appuyait la sienne sur mon épaule. Nous ramassions autour de nous les miettes de nos esprits fatigués. Dans la voiture, mon père heureux de nous retrouver usait de blagues faciles et de chants marins pour égayer nos mines décomposées.

Arrivés à la maison, l'injonction d'endiguer mon impétuosité disparaissait comme s'effondre un château de cartes. En retrouvant mon environnement habituel, l'attention fournie pendant ces « vacances aux Lilas » s'estompait en une seconde. La tension accumulée au cours de ces jours désœuvrés quittait brutalement mon corps. Une vague nerveuse déferlait en moi et jaillissait par tous les pores de ma peau. Envoyant mes bras désarticulés dans tous les sens, je trottinais dans toutes les pièces. Je piaillais comme un oiseau fou, multipliant les bruits étranges. Je passais une partie de la nuit dans le garage, à pédaler sur mon vélo d'intérieur, les joues trempées de sueur et de larmes. Un exorcisme sportif pour purger mon esprit malmené.

Combien de fois me suis-je insurgée contre l'injustice d'avoir une telle mère ? Pourquoi étions-nous privés de douceur ? N'en avions-nous pas plus besoin que les autres enfants ? Pourquoi notre présence et notre affection ne suffisaient-elles pas à la guérir ? Par la force des choses, je dus accepter un terrible constat : la maladie tuait ma mère. Elle avait été remplacée par des fantômes, des voix, des images mouvantes, des cris. Chez elle, plus rien n'évoquait une attitude maternelle, protectrice. Il me fallait enterrer le rêve d'une fusion enveloppante et d'un amour inconditionnel. Notre relation avait été réduite à un triste spectacle, un lien entretenu malgré moi, par culpabilité.

Peut-on ne pas aimer sa mère ? Cette interrogation défie l'évidence naturelle, l'héritage religieux, l'idéal social. Dans mon cas, l'attachement maternel était une obligation et la filiation un leurre. Le lien du sang remplace-t-il des années d'éducation, des intérêts communs et des confidences ? Quand une mère s'apparente à une voisine, une connaissance, quand l'intimité n'a jamais existé et que les rapports se résument à une cordialité gênante, peut-on aimer sa mère ?

À quinze ans, je demandai enfin à mon père quelles étaient mes obligations légales vis-à-vis d'elle. Il n'y en avait aucune. Il avait la garde exclusive et leur arrangement pour les vacances scolaires remontait à huit ans. Face à mon incompréhension, mon père se justifia : « Je ne pouvais pas remplacer une mère ! » Je décidai de n'aller la voir qu'une fois par an, une semaine en juillet. Mon frère greffa immédiatement sa décision à la mienne. Au téléphone, ma mère dit : « D'accord ». Sa voix était égale.

Tribulations

Une journée de dix à douze patients me donne l'impression de me dégonfler petit à petit comme un ballon de baudruche. Je transmets mon énergie, mes encouragements, mon enthousiasme, le positif accumulé au cours de mon existence. Je donne l'amour dont je suis capable, j'expose ma philosophie de la vie et de la mort. Je console, je contredis, je convaincs. J'absorbe les contrariétés, les souffrances et les traumatismes. Soulagés, les patients ressortent en soupirant :

— Merci, ça m'a fait du bien !

Au fil des heures, mes épaules s'alourdissent de la misère du monde. Le dernier patient me félicite parfois, plein de pitié :

— Vous êtes bien courageuse, je n'aurais jamais pu faire votre métier.

Je rentre chez moi la tête bourdonnante des palabres de la journée. Sur le chemin, je démêle la banque d'émotions accumulées pendant huit à neuf heures. Les scènes les plus choquantes défilent devant mes yeux. J'évalue ce qu'elles me rappellent et les remous qu'elles provoquent en moi. Ma journée de travail terminée, mon esprit s'active encore. Un incident sur la ligne de RER ou une femme hurlant son indignation dans un kit mains libres suffisent à m'achever. Vient une grande lassitude de l'humanité, humanité qui me semblait gonflée d'espoir le matin-même.

Le lendemain, je retourne travailler, neuve de la nuit passée. J'aime mon métier et la suite du feuilleton m'attend :

Madame W décrira comment elle a avoué ses sentiments à son collègue, Monsieur X murmurera un secret qu'il n'a confié à personne, Madame Y me touchera par sa sagesse dans une situation tragique alors que trente minutes après, Monsieur Z versera devant moi sa première larme.

Une notion de voyeurisme presque honteuse s'associe à ce métier. Je l'avoue : je me plais à examiner les êtres qui passent sous mes yeux. Comme une vieille amie, je m'immisce tout naturellement dans leurs soucis. Ils m'offrent leurs plus beaux recoins, leurs regrets émus et des secrets qu'ils auraient gardés sous la torture. Je dissèque leurs convictions, j'explore leurs souvenirs et leurs préoccupations intimes. Je guette la fossette annonciatrice d'une émotion, je remarque la moindre ride qui change d'une semaine à l'autre. Au centre de leur vie, je deviens la personne apte à recueillir leurs maux.

— Heureusement que vous êtes là. Sans vous, je n'y arriverais pas.

Les larmes me frôlent parfois les yeux. Mon sentiment d'utilité et d'importance est renforcé, ainsi que ce voyeurisme presque malsain.

Alourdie par ma rude journée, je peine à débuter une activité pour occuper ma soirée. Je songe à manger quelque chose, mais je n'ai pas faim. Je me déshabille, éparpillant pull, jean et chaussettes au sol. En sous-vêtements, je me glisse dans mon lit sous ma couette. Je la ramène contre mon visage, serrée dans mes poings.

Évidemment, Monsieur Guerrand ne tarde pas à percer mes pensées. Par ses attaques, il a perverti mon intégrité, ma légitimité. Les patients suivants ont été pénalisés par mon manque de sérénité. Je le revois jouer au prince arrogant, scandant son récit ridicule où il roulait des mécaniques. Que cherchait-il ? Qu'attendait-il de moi ? Suis-je tombée aveuglément dans un de ses pièges ? Son but était-il de me blesser ? Lasse de toutes ces questions, j'attrape mon téléphone pour me connecter à YouTube et je lance la chanson des Ting Tings qui a rythmé son combat.

J'observe une blonde décolorée vêtue d'une salopette-jupe rouge sur un pantalon bleu, de converses à scratchs et d'une casquette grise, hurler dans un micro qu'elle engloutit presque. Ses yeux entourés de noir et saturés de fard à paupières disparaissent derrière sa frange trop longue. À ses côtés, les lèvres entrouvertes, un batteur donne de grands coups de baguette sur la peau tendue d'une caisse claire. Ses gestes donnent l'impression qu'il est en plein ébat sexuel, une paire de fesses entre les mains. Son regard dur s'estompe derrière ses lunettes de soleil, tandis que la femme danse autour de lui. De sa bouche effleurant le micro, il semble lui murmurer des invitations licencieuses auxquelles elle répond, de plus en plus agitée. Une impression désagréable me gagne. Je réalise que l'homme a quelque chose de Monsieur Guerrand, le dessin des lèvres, la suffisance aussi.

La dernière scène du clip est univoque. Après s'être trémoussée pendant plus de trois minutes, les cheveux ébouriffés et le regard hagard, la blonde reprend son souffle comme après un orgasme. Ses lèvres sensuelles sont tendues vers son partenaire qui brandit sa grosse baguette feutre. Il la dirige vers le visage de la chanteuse qui l'évite délicatement, telle une marionnette soumise répond aux ordres de son maître. Leurs regards se mêlent dans une tension palpable ; celui de la femme transpire le désir.

Ce clip est-il une métaphore de notre thérapie ? Monsieur Guerrand aurait-il inventé son récit de bagarre dans le seul but de me transmettre ce message ? Quelle humiliation ! Pour renforcer notre alliance thérapeutique, j'ai participé à développer une relation qui lui accordait du pouvoir et il s'en est servi pour me déstabiliser. Des larmes de colère et d'impuissance tapissent le bord de mes paupières. Comment a-t-il osé détruire mon travail, mon intention sincère de l'aider ? Je ne l'ai pas réorienté, j'ai persévéré, j'ai tenu parole. L'indignation gronde au fond de moi comme la rumeur d'une foule.

Pense-t-il pouvoir marcher sur les femmes, leurs cœurs, leurs fragilités, tout saccager en toute impunité ? C'est trop facile ! Je me lève d'un bond. Après avoir enfilé un *sweat*, je vais à ma table de travail. Je m'installe ici pour réfléchir, laisser mes pensées vagabonder sur les toits de Paris. De nombreuses nuits devant cette fenêtre, j'ai somnolé, fantasmé, regardé des films, lu. Mais ce soir, la frivolité n'est pas au rendez-vous. Je ne le laisserai pas triompher, je ne tomberai pas. Je suis prête à affronter mes démons.

Doués d'un radar étonnant pour leur manque d'empathie, les pervers détectent chez les autres des fragilités qu'ils s'empressent d'exacerber. Monsieur Guerrand a décelé mes fêlures et les a patiemment élargies pour mieux les exposer à ses attaques. Il a dû m'étudier tout comme je l'ai fait, évaluer mes réactions et noter mes incohérences. Peut-être a-t-il deviné, grâce à des signes qui m'ont échappé, le désert affectif de ma vie ?

Renseigné, il s'est lancé dans une guerre émotionnelle, estimant la stratégie à adopter pour me faire tomber. Il m'a amusée, flattée, a soulagé ma solitude littéraire et historique. Puis il m'a malmenée tout en exhibant ses progrès pour que je m'attache à poursuivre la thérapie. Son coup final représentait un abandon cinglant qui me ferait dégringoler : il a réussi.

Comme ces cagibis dont on claque la porte avant que leur contenu ne se déverse, j'avais étouffé les émotions relatives à ma mère. L'amour filial sans naturel, la dictature de la maladie, l'impuissance de l'enfant, la haine d'un destin gâché et cette terrible absence alors même que la personne est là. Me rendre chez elle et ignorer si j'y rencontrerai une possédée, une enfant nue de toute défense, une artiste inspirée, une condamnée en larmes, le déguisement d'une vraie mère ou un nouveau personnage jusque-là inconnu. Comment construire une base affective dans ces conditions ? Une façon d'aimer qui exclut la maltraitance ?

Je revois ma mère, les mains plaquées sur les oreilles, hurlant parce que mon frère avait fait crisser sa fourchette dans l'assiette. Dans ses périodes d'hypersensibilité, le bruit lui faisait perdre la raison. Malgré les fenêtres fermées, elle bondissait au moindre coup de klaxon provenant de la rue et nous devions chuchoter du matin au soir. De quoi détruire la nature même d'un enfant.

Quand un incident sonore imprévu se produisait à l'intérieur de l'appartement — un bris de vaisselle, une porte qui claque, le heurt d'un genou contre un meuble — elle poussait un beuglement d'animal, les doigts enfoncés dans les oreilles. Son cri ressemblait à celui d'un sourd tentant désespérément de s'entendre.

Elle tirait les rideaux en pleine journée, car la lumière lui « atrophiait les yeux ». Elle semblait lutter contre le monde entier, désireux de s'introduire en elle. Ses vêtements lui « rayaient la peau » et elle passait ses journées en sous-vêtements, sans pudeur devant mon jeune frère. Dans ces périodes, nos allers-retours au parc étaient fréquents, juste pour prendre l'air, la clarté du jour, parler normalement, être des enfants comme les autres.

Nous marchions toujours plus vite sur le chemin du retour. La laisser seule sous-entendait l'abandonner et, en notre absence, elle pouvait commettre l'irréparable. Elle ne formula jamais cette envie, mais sa souffrance l'y poussait inévitablement.

Un enfant est censé imaginer des histoires, méconnaître la responsabilité, tester les limites, effleurer le risque sans conscience du danger. Un parent devrait protéger, guider, aimer, accompagner, gronder, consoler. Si les rôles sont inversés, si l'enfant veille sur son parent délabré, au corps faible et à l'esprit chancelant, une relation peut-elle subsister ? Le peu d'âme intacte qu'il restait à ma mère dut être anéanti par l'observation des liens entretenus avec ses enfants. Comment résister à la folie quand la réalité est malade ?

Stoïque mais sensible, Liam cheminait dans mon ombre. Face aux situations délicates, ses yeux se tournaient instinctivement vers moi. Il cherchait mon aval, mon soutien, ma présence réconfortante. Je lui envoyais une grimace rappelant à nos visages la possibilité d'un rire. Je ne m'autorisais jamais à pleurer. Je le protégeais au mieux.

Avec ma mère, j'adoptais la position de détective expert en maladies psychiatriques. Je m'y intéressais avec un zèle obsessionnel qui suspendait d'autres émotions. Après avoir lu les *Études sur l'Hystérie*, je fus convaincue qu'elle incarnait une énigme vivante et je me lançai dans la quête d'une explication. J'observais ses mimiques, son humeur extatique ou mélancolique. J'étudiais ses délires, tentant de distinguer un point commun aux thèmes abordés. Curieux paradoxe, ma mère devint pour moi un sujet d'étude.

Ainsi, je commençai à développer le bouclier émotionnel utile aux psys pour se distancier de la souffrance de leurs patients. Rassurant, il s'apparente au quatrième mur des comédiens. Il permet de garder la tête froide, de réfléchir à l'ensemble du tableau clinique sans être happé par la douleur. Chacun y injecte ses défenses, ses inventions. Quand l'affliction des patients est trop envahissante, j'imagine pour ma part assister à la répétition générale d'un film. Leur histoire dramatique s'apparente alors à un jeu, un simple texte. Ma mère était d'ailleurs très convaincante dans *Vol au-dessus d'un nid de coucou*.

Mes souvenirs essorent mon cœur comme une éponge. Monsieur Guerrand a ranimé les fantômes du passé, ces ombres sans cesse repoussées. Elles abondent dans mon esprit pour me rappeler ma peine. Malgré mon quotidien satisfaisant aujourd'hui, ces images me hanteront toujours. Je songe aux Égyptiens qui faisaient sortir le cerveau par le conduit nasal grâce à un crochet. Ils permettaient aux morts de se moucher de leurs hantises avant de partir en paix. J'aimerais qu'on m'embaume dans des bandelettes tellement serrées que je ne pourrais plus me perdre en terrifiants souvenirs.

Incapable de rester en place, je fais les cent pas dans mon studio. Vais-je me laisser anéantir comme ces pauvres filles qu'il fait tomber comme des mouches ? Il les capture et leur déchire les ailes, arrache leurs pattes une à une, profane leur cœur avant de s'en désintéresser : un être mort n'a plus rien à offrir. Lui s'en sort triomphant et impuni, tout comme Swan a disparu de la circulation en me laissant inerte, sans se retourner.

Une pointe douloureuse me perce le ventre. Déchire ma peau. Répand mes viscères comme autant de serpents venimeux. Mes poings se serrent en pierres prêtes à tout casser. Il ne s'en sortira pas comme ça. Je ne serai plus la proie, la victime, le visage sur lequel on essuie ses chaussures avant de rentrer. Cet homme mérite un juste retour de bâton, qu'on l'épingle lui aussi sur un tableau d'âmes séchées.

Une détermination nouvelle plantée dans le cœur, je me prépare un grand thermos de thé noir. La nuit va être longue.

Installée à ma table de travail, j'ouvre mon PC. Après avoir tapé « jolie blonde » sur Google, je fais défiler les images et clique trois fois sur « plus de résultats ». Le cliché d'une jeune Américaine au visage doux et au regard franc apparaît alors. J'épluche son compte Instagram jusqu'à dénicher la parfaite photo de profil. Un rayon de soleil éclabousse ses cheveux dorés tandis qu'elle se tient face à l'objectif, le menton relevé. Ses lèvres charnues n'ont rien de vulgaire, ses pommettes forment deux reliefs mordant ses joues. Discret, son nez semble s'effacer pour donner plus de force au reste de ses traits. Derrière ses longs cils légèrement baissés, on devine de grands yeux bleu clair. Elle porte une veste bordeaux dont le col court, au revers blanc, est relevé. Très classe. J'enregistre l'image sur mon PC. Grâce à Photoshop, je la modifie pour éviter qu'elle ne soit traçable sur *Google reverse image*. J'y applique un filtre « rétro » qui allège les contrastes et rehausse les couleurs.

Je cherche un pseudo à cette fille de longues minutes, hésitant entre un prénom élégant et un jeu de mots. Comme une blague à moi-même, je l'appelle « Storie », à mi-chemin entre *store*, pouvant être traduit par « approvisionnement »

— puisqu'il aime le gibier, je lui en fournis — et *story*, évoquant la promesse d'une histoire.

Je modèle à cette femme une vie charmante. Architecte, grande lectrice, gourmande et fine cuisinière, elle souhaite rencontrer « un homme poète et viril, cultivé et simple, avec qui entamer une relation sérieuse et réjouissante ». Elle se décrit comme « une femme facile à approcher, mais complexe à conquérir, qui accorde difficilement sa confiance et aime faire durer le jeu de séduction ». Entre la malice et la provocation, elle conclut : « Si vous êtes pressés, messieurs, cliquez sur *Next* ! » Après avoir relu sa présentation et ajouté sa photo, je valide l'inscription.

Les heures s'enchaînent alors que je fais défiler les hommes inscrits habitant dans le département de l'Essonne. Peu concluantes sur la première interface, je poursuis mes recherches sur d'autres sites, répétant la même procédure d'inscription. Comme un pêcheur finit par s'endormir devant un flotteur statique, je désespère de voir apparaître mon adversaire.

Armée d'un troisième thermos de thé, je passe au peigne fin les profils masculins de mon territoire de rencontres, combinant les catégories « trentenaire », « châtain » et « sportif ». Où se cache-t-il ? Quel genre de pseudo pourrait le décrire ? A-t-il affiché une photographie de lui ou a-t-il triché comme moi ? S'est-il localisé dans un autre département ? Plusieurs fois, je clique sur des photos d'hommes floues ou vus de loin, croyant avoir débusqué ma proie, mais non.

Il est six heures du matin alors que je détaille encore des centaines de clichés qui s'envolent comme des flocons de neige sur mon écran. Soudain, mon doigt s'immobilise sur la molette de la souris. Une photographie a attiré mon attention. On y voit deux mains tenant un jeu de cartes devant un tapis de table vert. Elles appartiennent à « Pokerfaith ». Je souris à ce calembour bienvenu au milieu du trombinoscope des « 50-nuances-de-Greg » et autres « AleXXL ». Je clique sur l'icône.

C'est lui. Je reconnais sa silhouette sur la deuxième photo de profil. Il se tient de dos, bras écartés face à un vaste paysage montagneux. Sur la troisième photo, on distingue dans l'obscurité les contours de son visage éclairé à la bougie. Le voilà... Sa description présente un « sportif de bon niveau prêt à concourir, à faire la vaisselle et plus si affinités, à entretenir la flamme les soirs d'hiver, un homme spécial et *spicy*, à consommer avec modération pour éviter l'indigestion ». Quel drôle de type... Dans ses souhaits d'âme sœur, il est marqué : « Aventurières, si vous n'avez pas peur de l'humour noir, approchez ! »

Le son d'une notification me fait sursauter. Une bulle blanche apparaît en bas à droite de l'écran : « Pokerfaith consulte actuellement votre profil ! » Comme paralysée, je relis une seconde fois l'information. La mâchoire m'en tombe et mon cœur se met à battre comme s'il convulsait. Prise de panique, je quitte la page web.

Brusquement sortie de ma lubie nocturne, je songe à mon comportement depuis minuit. Une honte abrasive se propage dans ma poitrine. Qu'est-ce qui m'a pris ? N'ai-je plus aucun sens de l'éthique ? Que diraient mes collègues ? Ce désir de vengeance ne me ressemble pas. La peur m'envahit comme une armée de hussards au galop. Peut-il tracer mon adresse IP, localiser mon ordinateur ? Non, c'est impossible. Quand bien même il y arriverait, il n'en conclurait rien. Storie est domiciliée à Paris et mon cabinet de consultation est à Ris-Orangis. La photo n'est pas la mienne, la description ne me correspond pas. Aucun indice ne remonte jusqu'à moi.

Ces conclusions ne me rassurent guère et mon malaise grandit. Comme une petite fille surprise en pleine préparation d'une bêtise, je referme mon ordinateur avant de l'éloigner de moi comme s'il me brûlait les doigts. Si je me reconnecte maintenant, il risque d'être en ligne lui aussi, mais tout à l'heure, j'annulerai tout, je supprimerai mon compte et je renoncerai à ma mauvaise idée. Ce soir sans faute.

Cette décision me soulage. Comme un automate, je me dirige vers mon lit. Je programme un réveil pour la première fois depuis très longtemps. Je me lèverai dans une heure pour me préparer, prendre le RER et commencer mes consultations à neuf heures et demie.

Évidemment, le sommeil reste introuvable. En attendant la sonnerie, je me tourne et me retourne dans mon imprudence.

Souvenirs cinq

Malgré sa maturité intellectuelle, Liam conservait des attributs propres à son âge comme la peur irrépressible de dormir seul. Cette confession me faisait toujours sourire, car il se donnait des airs de professeur émérite capable de vous réciter d'une traite *La République* de Platon. Le soir, il frappait à ma porte, son oreiller sous un bras, sa couette sous l'autre. Il me suppliait d'accepter son corps frêle dans mon lit deux places, promettant de ne pas bouger d'un orteil, terrifié à l'idée de regagner sa chambre vide.

Je négociais sa venue contre le récit d'une anecdote historique. Ma demande n'avait pour autre but que de lui faire oublier ses craintes. Il se lançait dans la description détaillée d'un événement, un affrontement militaire de préférence pour stimuler mon intérêt, tandis que je tapais à l'aide d'une raquette dans une balle retenue par un élastique. Quand, fatigué, il implorait le silence, j'allumais la télé en activant le mode « muet » pour suivre des rediffusions de matches sportifs. Le matin, je me levais sans bruit pour garantir son repos : il se cultivait pour deux.

Constatant que ce rituel devenait une habitude, mon père acheta un lit simple pour mon frère qu'il installa dans ma chambre. Avant de s'isoler dans la sienne pour lire ou s'endormir devant un film, il nous souhaitait une bonne nuit. Il attrapait de sa main épaisse nos cheveux qu'il serrait affectueusement, puis debout dans l'obscurité, il énonçait un dicton qu'il étayait d'une expérience de sa vie :

— La chance se mérite. Les opportunités nous sourient quand on sait les créer. Ce n'est pas en priant le bon Dieu que j'ai acquis ma propre société. J'ai patiemment entretenu des liens avec mes voisins de ponton qui m'ont présenté à leurs amis. J'ai toujours été cordial avec le capitaine de port, affable avec les employés. Et puis un père qui élève seul ses enfants, ça force le respect. Pour ça, je vous en dois une ! Bref, quand le vieux Delague a cherché à vendre, c'est à moi qu'il a fait confiance.

— Rien n'est impossible. Il faut apprendre à se dépasser. Brel disait : « La bêtise, c'est un mec qui se lève le matin et qui se dit : c'est bien comme ça ». Alors, ne vous encombrez pas d'obstacles qui n'existent que dans votre esprit. Quand j'ai passé mon permis, je n'avais presque jamais conduit. J'avais appris avec mon copain Dan qui piquait la Dauphine de son père et j'ai eu mon examen ! Certes, un père dans la police, ça aide, mais tout de même, n'importe quel projet peut aboutir quand on y croit.

— D'un échec, on tire toujours profit. Quand votre mère est partie, j'ai pensé à notre famille disloquée et ça m'a fait mal au ventre. Vous étiez trop petits pour vous passer d'elle et je doutais de pouvoir tout endosser. Pourtant, quel soulagement ! Son départ a été l'une des meilleures choses de ma vie.

Nous écoutions ses leçons de morale douteuses avec attention. Sa vie riche lui avait apporté un grand recul et une pudeur particulière. Souvent, il abordait des sujets délicats pour des enfants de nos âges. Il s'est dévoilé tel qu'il était sans s'alarmer de nos âmes sensibles, sans s'interroger sur notre capacité à entendre ou à comprendre. Il nous a dépeint la vie sans artifices, dans son ironie et sa dureté, ses faux-semblants et ses dilemmes. Il nous y a préparés tel un entraîneur sportif, si bien que nous l'avons ensuite côtoyée comme une amie.

Nous n'avons jamais remercié mon père pour son éducation. Nous ne lui avons jamais dit que nous l'aimions. Les gens regrettent souvent de ne pas prononcer ces mots, comme s'ils pouvaient compenser toutes les fragilités d'une relation. Pourquoi figer la chaleur de l'attachement par des mots ? Nous le savions au fond de nous. Nous l'observions chaque jour.

Échange un

La journée est passée avec la lenteur des soirées d'hiver, comme si chaque minute crissait dans le couloir du temps. Les patients ont défilé sans que je participe à leur cavalcade torturée. Je ne songeais qu'au moment où mon mensonge prendrait fin. Une patiente m'a interpellée :

— Vous paraissez soucieuse. Tout va bien ?

— Oui, ne vous inquiétez pas. Qu'a répondu votre ex-mari ?

Tout en réfléchissant à un problème personnel ou à une action future, je suis capable d'écouter mes patients. Mon cerveau se scinde en deux pour suivre d'un côté une tâche en cours, de l'autre canaliser mon agitation physique ou émotionnelle. Ce bouillonnement constant est devenu un état de base, naturellement géré en plus de mes affaires quotidiennes.

Tourmentée, j'avais hâte de rentrer chez moi pour clôturer le compte de Storie. Ne plus penser à cette histoire. Je n'avais pas évalué tous les tenants et aboutissants de mon idée. J'avais cédé comme une enfant à des émotions primaires : la colère et le désir de rendre les coups. L'impulsivité s'était emparée de moi pour me projeter dans la bassesse intellectuelle. La nuit offrait ce cadre aux contours invisibles suggérant que tout était possible. Je me suis laissée happer par le ressentiment, frère de la vengeance. Maintenant que j'ai repris mes esprits, tout va rentrer dans l'ordre.

Après avoir gravi les cinq volées de marches de l'escalier en colimaçon de mon immeuble, je rentre enfin chez moi. Je jette négligemment mon sac au sol pour me précipiter à ma table de travail. J'ouvre mon PC et je me connecte à internet. J'entre le mot de passe de Storie. Douze messages ont été postés depuis ce matin ! Intriguée, je clique sur l'icône « Messagerie ». J'écarte alors la chaise pour m'y laisser tomber : Pokerfaith lui a écrit. M'a écrit.

J'hésite à ouvrir son message, envoyé à dix-huit heures vingt ce vendredi 26 avril 2019. Verra-t-il que je l'ai lu ? Je devrais supprimer mon compte comme prévu, mais la tentation bouscule ma décision. Je caresse la petite enveloppe blanche du curseur de la souris. Mon index presse le bouton.

Pokerfaith : *Vous avez le port d'une reine mais des attentes de princesse, la plume inspirée mais l'encre triste, le physique élancé mais le cœur lourd. Comment puis-je soulager votre détresse, surprenante demoiselle ?*

Je ne peux empêcher un sourire de conquérir mon visage. Une sensation agréable engourdit mon corps. Je repense à nos échanges complices en séances, à son regard joueur. J'ai rarement rencontré quelqu'un avec qui la discussion ressemblait à une partie de ping-pong. Avant chaque service, élaborer une nouvelle stratégie et, à chaque retour, se préparer à l'éventualité d'une attaque. L'esprit prêt à bondir. La recherche de réparties me plaisait, surtout avec un tel adversaire. J'imagine déjà un jeu de mots ou une réplique ciselée en réponse à son message, puis je me ravise, me rappelant les remords qui ont enfiévré ma journée.

Le malin murmure à mon oreille :

— Vas-y, c'est si excitant ! Il ne connaîtra jamais l'identité de Storie et le jeu est alléchant ! Impressionne-le, prouve-lui qu'une femme peut avoir le dessus. Renvoie-le d'où il vient, ça me fera de la compagnie !

Opposé à lui, encadré de ses ailes de coton, l'ange rétorque :

— Ne commets pas une énième erreur que tu pourrais regretter. Ne perds pas de temps avec un homme malfaisant, ne te mets pas en danger !

Je soupire longuement. Cela fait six mois qu'une relation sentimentale n'émaille plus ma vie. Que peut-il m'arriver, à distance ? D'expérience et vu le personnage, je doute fort que Monsieur Guerrand remette les pieds au cabinet de consultation. Je ne risque rien.

Le diable s'enthousiasme :

— Un brin de divertissement n'a jamais contrarié personne !

Je clique sur « Répondre ».

Storie : *Vous me charmez sans vous en cacher. Face à sa reine, un chevalier doit user de subtilité, sinon il se verra congédié. Avant de jouer Lancelot, faites donc vos preuves. Restez au fond du lac si vous ne pouvez pas grimper en haut du panier !*

À présent, l'idée de supprimer mon compte me semble obsolète. Pourquoi me priver d'un moyen simple et peu hasardeux de me sentir vivre ? Le risque, l'inconnu, l'excitation, la hâte d'être à la prochaine étape tout en savourant l'actuelle. Je me délecte des sensations du jeu de séduction qui se tisse entre nous.

Malgré ce début d'ivresse, je n'oublie pas mon but : incarner l'exception, lui démontrer qu'il ne détient pas les pleins pouvoirs sur le cœur des femmes. Psychologue, je connais l'âme humaine. J'ai un temps d'avance après avoir étudié la sienne, je prévois de quelles manipulations il usera pour me séduire. Même tapi dans les hautes herbes, il peut m'approcher : je l'attends.

Alors que je me couche, la satisfaction me caresse l'ego. Je n'ai certes pas rattrapé mon erreur, mais mon piège s'est correctement refermé. Si, plus tard, la situation s'envenime, je disparaîtrai d'un claquement de doigts comme me l'a enseigné Pokerfaith. J'envie sa jouissance à évoluer librement sans songer aux conséquences, comme si ces femmes désespérées n'existaient pas. Quel beau déni ! Tandis que le sommeil me gagne doucement, mes rêveries m'emmènent vers un terrain de jeux où tout est permis.

Tribulations deux

Il est sept heures lorsque je m'éveille. Une grasse matinée ! Je n'ai jamais aimé dormir. Mon organisme se contente de quelques heures de sommeil. Dormirions-nous autant si le soleil ne nous imposait pas l'exemple de nous coucher ? J'ai toujours eu besoin de me dépenser plus que de me reposer. Supportant mal de rester allongée une partie de la nuit, je prends systématiquement le petit-déjeuner debout.

À la fenêtre pour observer la ville, je mords dans une part de gâteau. J'ai le sentiment d'avoir accompli une bonne action, comme ces super-héros qui rectifient le destin de leurs pairs de façon anonyme. Je rends justice aux femmes victimes d'hommes indignes d'elles, de sauvages saccageant leur intimité sans même envisager les dégâts engendrés, les rêves piétinés, la confiance balafrée. Elles s'interdisent ensuite de s'ouvrir à d'autres partenaires. De peur de revivre cette mascarade, elles fuient tout sentiment d'attachement. Leur blessure cicatrise lentement avec les années de méfiance.

Quand elles se laissent enfin approcher, la probabilité qu'elles attirent encore des hommes cherchant des proies faciles est grande. Lorsqu'ils comprennent que ces jolies fleurs nécessitent attention et réassurance, ils ne s'encombrent pas d'efforts. Ils abusent du reste de naïveté conservé et ils profitent du confort offert par leur cœur avant de le retourner comme on dépèce un lapin. Une fois dépouillées, ils quittent ces femmes sans prévenir.

Elles sont séduites par ce qu'elles doivent éviter, elles attirent ce qu'elles redoutent, elles reproduisent ce qui les détruit. Cette répétition pathologique s'entretient toute seule. Abîmées par les torts subis, elles ont besoin d'être réparées. Alors elles croient aux belles paroles qui rassurent et elles s'entourent de personnes nuisibles.

Jeffrey Young a appelé ce phénomène un « schéma précoce inadapté ». Pour survivre dans un milieu familial dysfonctionnel, l'enfant développe un ensemble de croyances qui explique les interactions qu'il observe et la façon dont ses parents le traitent. Par habitude et désir de cohérence, il cherchera à reproduire ce qu'il a toujours expérimenté, même à l'âge adulte.

Ce schéma devient un scénario répété au fil des années, des choix et des situations. Les partenaires amoureux n'y échappent pas, manifestant certaines des attitudes parentales. Ils suscitent une attirance exagérée en réactivant simplement le schéma de l'individu : abandon, carence affective, vulnérabilité... Les papillons dans le ventre ne sont autres qu'une reviviscence des émotions fortes ressenties dans l'enfance au contact d'individus néfastes. De quoi démystifier bien des coups de foudre !

Monsieur Guerrand devrait éprouver, au moins une fois, la douleur infligée à ses victimes. Comme Napoléon battant en retraite après la bataille de Waterloo, j'aimerais qu'il se retourne pour regretter la traînée noire des soldats affaiblis et délaissés. Aussi me faut-il élaborer une stratégie, le laisser croire qu'il mène le jeu. Il restera tapi pour étudier les failles de Storie. Tout en répondant à ses avances, elle lui résistera pour constituer un trophée désirable. La chute provoquée par une femme qu'il aura peiné à séduire sera d'autant plus violente. En tant que psy, je n'ai pas été à la hauteur ; en tant que femme, je serai redoutable.

J'ouvre mon ordinateur pour me connecter au site. Je souris en découvrant que six messages m'attendent. Sa réponse en fait certainement partie. Après avoir cliqué sur la section « Messagerie » et en découvrant la liste de mes correspondants, la déception me percute. Pas de réponse de Pokerfaith, seulement des tentatives de contact ridicules d'autres hommes. Un des expéditeurs s'appelle « Sex-à-piles ». Blasée, je secoue la tête et je supprime ces débuts de conversations triviaux.

Pokerfaith a pourtant lu ma réponse ce samedi à une heure et demie du matin. A-t-il mal encaissé mes piques ? Un tel personnage supporte rarement d'être remis en question. Encore une fois, mon impulsivité a devancé ma sagesse. Me fait-il volontairement languir ? Sent-il que l'impatience est mon point faible ? Aurait-il été celui de Storie ?

Elle exige d'être rassurée sur l'honnêteté de son prétendant, elle attend donc de lui une présence solide. En la lui refusant, il crée chez elle un espoir, un besoin. Il commence à affaiblir sa proie. Les mots de Monsieur Guerrand résonnent encore à mes oreilles : « Après un temps, elle offre d'elle-même son ventre et on le lui gratte du bout du canon ».

Il répondra forcément. Il croit avoir pris le dessus, mais je le vois venir de l'autre bout de la Terre avec ses sabots lustrés. Il ne m'aura pas. Je vais lui infliger une expérience correctrice inédite.

Souvenirs six

Après le passage de notre père, Liam et moi observions un moment de silence pour intégrer ses leçons de morale. Nous n'en discutions jamais, comme si les paroles paternelles étaient sacrées. Nous préférions égrener les mystères du monde dans l'obscurité de notre chambre commune. Pourquoi les hommes ont-ils des tétons alors qu'ils n'allaitent pas ? Que se passerait-il si on diluait de la poudre de lait dans du lait ? Pourquoi les crevettes deviennent-elles roses à la cuisson ? Mais notre connexion s'aventurait au-delà de la curiosité intellectuelle et il m'en reste aujourd'hui d'inoubliables souvenirs.

S'épanouir en tant que femme n'est pas aisé quand on grandit entre deux hommes. Grâce à un côté féminin prononcé, Liam comprenait mieux que personne mes entreprises pour m'émanciper. Lorsqu'à quinze ans, je décidai de m'épiler les jambes pour la première fois, il s'assit en tailleur devant moi et m'encouragea du regard. Le cri que je poussai en tirant d'un coup sec sur la bande de cire tordit son visage de douleur. Les dents serrées sous ses lèvres ouvertes, le nez plissé par l'empathie, il secoua la tête.

— On va faire autrement.

Il se leva pour insérer un CD d'AC/DC dans ma chaîne hi-fi. Après avoir poussé le volume à fond et appuyé sur « *Play* », il m'invita à chanter. Il tomba à genoux devant mes jambes nues tandis que je m'égosillais. Il attendit avec sagesse le moment propice, le bord de la deuxième bande de cire entre les doigts. Alors que Brian Johnson s'apprêtait à hurler : « *Yes I'm black in black !* », il tira vivement sur la bande et mon hurlement se mêla à la cacophonie du groupe australo-britannique.

La douleur passée, nous explosâmes de rire et cette torture devint un moment attendu. Je pressais parfois mon frère de jouer à « l'arrache-poils », mais il jugeait leur longueur insuffisante et m'exhortait à plus de patience. « La nature ne vit pas le temps de la même façon que toi », me serinait-il avec son air de premier de la classe.

La miséricorde de Liam ne connaissait pas de limites. Constatant avec embarras les difficultés qu'entraînait mon hyperactivité, il inventait de nombreux jeux pour remédier à mes troubles cognitifs et à mon agitation. Encore enfants, mon principal handicap résidait dans la gestion de mon envie de me mouvoir. Rester assise à colorier sans déborder n'était pas de ma trempe. Je préférais explorer le jardin des voisins.

Il arrivait que je trépigne aussi par beau temps, ne sachant comment m'occuper. « Le jeu du sandwich » consistait à m'allonger sous les coussins du canapé du salon. Liam sautait allègrement dessus, me soutirant autant d'éclats de rire que de cris de douleur. Après quelques minutes, je le suppliais d'arrêter. Je ressortais de cet étau la tête bourdonnante et le corps meurtri, mais calmée pour une heure.

Lorsqu'il pleuvait dehors, je devenais intenable. Sollicitant mon père et mon frère à la recherche d'une idée, je me transformais en pile électrique. Je sentais mon corps fourmiller comme si les particules qui le constituaient s'entrechoquaient. Les pièces de la maison me voyaient passer et repasser en gesticulant. Liam surgissait alors un chronomètre à la main.

« Le jeu du lavage de vitres » portait bien son nom. Je devais nettoyer en un temps record l'ensemble des fenêtres — intérieures et extérieures — de la maison. Impassible, Liam élaborait ses planches de BD assis à la table du salon pendant que je m'affairais. Armée de chiffons et d'un produit, je frottais frénétiquement les carreaux pendant trois quarts d'heure. Les bras en coton et le front en sueur, je me hâtais d'avertir mon frère de la fin de ma tâche. Il arrêtait le chronomètre passé autour de son cou et notait mon score dans un carnet. Inspecteur zélé des travaux finis, il indiquait de la gomme de son crayon à papier les traces restantes sur les baies vitrées.

Mon frère compliqua nos jeux au fil des années. Je courais par exemple jusqu'au bout du jardin, chargée d'une brouette remplie d'eau. Fidèle à son rôle d'instructeur, Liam consignait mes scores en minutes, secondes et dixièmes de secondes, avant de tracer au marqueur un trait au-dessus du niveau de liquide restant après ma course. Il passait au jeu suivant — scrupuleusement préparé — quand j'excellais enfin à l'épreuve, stagnant dans mes résultats.

Ainsi me retrouvais-je devant une grande assiette plate remplie de petits pois. D'abord, j'étudiais la répartition des graines vertes, puisque mon but était de piquer un pois sur chaque pique en un coup de fourchette. Plus concentrée que jamais, je tentais de parfaire mon mouvement pour ne pas faire crisser le fer dans l'assiette, ce qui crispait mon frère. Mes rares réussites relevaient de la chance, mais je me gardais bien de le signaler.

Jugeant que mes acquis négligeaient la motricité fine, Liam me proposa de nouvelles épreuves. Il me fallut beurrer deux biscottes chaque matin sans les casser. Je travaillais longuement le beurre avant de démarrer l'épreuve : la technique consistant à superposer deux pains grillés était défendue. Nous jouâmes ensuite aux fléchettes pour qu'enfin, j'apprenne les règles des jeux de société classiques. Quand je pus me tenir tranquille, assise plus d'une heure, Liam décida qu'il était temps de me cultiver.

Je connaissais les règlements d'une vingtaine de sports et les résultats de mes équipes favorites, mais je souffrais de grandes lacunes scolaires. Mes professeurs ignoraient tout du trouble d'hyperactivité avec déficit de l'attention, abrégé THADA à l'époque, comme s'il s'agissait du dénouement d'un tour de magie.

Écouter et apprendre était relativement simple si je m'occupais en même temps. Je gribouillais sur mon cahier, je tapais mon stylo sur le bureau, je me balançais sur ma chaise, les pieds battant l'air. Malheureusement, le système scolaire condamnait les élèves au comportement perturbateur et je restais un cancre malgré mes bonnes capacités.

Au collège, j'étais collée un mercredi sur deux pour bavardages, agitation, nuisances sonores ou fuite impromptue de la salle de classe. L'immobilisme imposé par les heures de cours rendait mon corps raide et douloureux. Si la matinée m'irritait, l'après-midi me maltraitait. Je connaissais par cœur les prémisses sensorielles du point de rupture. L'impression d'être prisonnière d'une enveloppe trop étroite, le pouls qui s'accélère, les nerfs qui tressaillent et cette idée fixe dans la tête : courir. Courir, bouger, sauter, hurler.

J'attrapais mon sac pour y faire tomber mes affaires sans attendre la fin du cours. Je bondissais sur mes pieds et, avant que le professeur n'ait pu m'en dissuader, je me ruais vers la sortie. Mon corps délivré de la position assise, j'avalais les volées de marches de l'escalier menant à la cour de récréation. Je m'échauffais en effectuant plusieurs tours du rectangle de bitume désert, puis j'enchaînais les pas appris lors de mes entraînements sportifs : le *shaddow* du badminton, le *smash* sauté du volley et les prises de judo.

Je savais que cette enfreinte au cadre scolaire me coûterait deux heures le mercredi suivant, mais je n'avais pas d'autre solution. Une crise de nerfs en classe aurait été malvenue. Dans ces moments de perte totale de contrôle, j'oubliais la bienséance, les conséquences, les obstacles autour de moi. Mes proches ne m'en tenaient pas rigueur et je me défoulais dans le jardin, me roulant au sol en braillant. Cependant, l'école ne m'offrait aucune alternative.

Privée de ma liberté du mercredi après-midi et d'une possible sortie en mer, ces punitions attisaient mon ressentiment envers l'institution scolaire et perpétuaient mes comportements problématiques en classe. Aussi, j'acceptais avec soulagement l'idée de ne pas être destinée à de longues études. C'était sans compter le coaching infaillible de mon frère.

Ses activités favorites étaient lire, dessiner, observer minutieusement les insectes, peindre des figurines de guerriers et réfléchir à mon éducation. À neuf ans, il se passionnait déjà pour la chronologie des découvertes scientifiques. Il me contait des épisodes de l'Histoire des sciences, un air de petit génie collé au visage.

— Galien est le premier à avoir mené des expériences directes sur l'anatomie humaine. Alors qu'Aristote et

Hippocrate affirmaient que nos artères contenaient de l'air, il fut le premier à dire qu'elles transportaient du sang.

Quand, à dix ans, il dut porter des lunettes, l'effet n'en fut qu'accentué.

— De simples pinsons ont appuyé la théorie de l'évolution de Darwin. Au cours d'un voyage qui l'a mené jusqu'aux îles Galápagos, il s'est rendu compte que ces oiseaux présentaient des tailles et des formes de becs variables. Sur chaque île, les pinsons mangeaient des aliments différents : des graines, des insectes ou des cactus. Darwin s'est aperçu qu'ils avaient un bec particulier, adapté à leur alimentation. Tu comprends ?

Il se tournait vers moi et j'acquiesçais avec considération.

Puis il se passionna pour l'Histoire en général et la pensée des grands philosophes avant de dévorer la littérature française, russe et anglaise — il vouait un culte à Jane Austen. Liam nous faisait la lecture pendant que je pédalais sur mon vélo d'appartement. Installé dans un *rocking-chair* dégoté un 15 août à la brocante du village, il parcourait les pages de romans volumineux. Je l'écoutais distraitement, me perdant régulièrement dans mes pensées.

Quand le récit devenait palpitant — les histoires d'amour me plaisaient malgré ma féminité balbutiante — mon frère bâillait bruyamment avant de se lever. Je protestais pour qu'il poursuive, mais il déposait le livre bien en évidence sur le fauteuil et vaquait à d'autres activités. Épuisée par le sport et frustrée par l'arrêt du récit, je délaissais le vélo pour tomber sur le coussin du *rocking-chair*, le roman entre les mains.

Comme nous lisions les mêmes ouvrages, Liam et moi partagions une culture commune. Elle mêlait héros grecs, héroïnes russes, auteurs du monde entier, références historiques et dilemmes philosophiques. Nous comparions les mystérieux domaines de Pemberley et Manderley, nous mariions secrètement la princesse de Clèves au prince Bezoukhov ou Anna Karenine à Monsieur Bovary. Au gré de nos humeurs, nous créions *Le vieil homme et la perle* ou *La jeune fille à la mer*.

Aujourd'hui, en marchant ou en cuisinant et grâce à internet, j'écoute des émissions, des livres audio, des conférences, je prends plaisir à lire et à étudier. Je dois beaucoup à Liam. Il a joué le rôle d'éducateur spécialisé, de guide spirituel, de confident, de professeur, d'ami et de frère aimant.

Échange deux

Paris est plongé dans le noir. À la lumière d'une lampe de chevet, je parcours un livre acheté ce week-end traitant des pervers narcissiques. Sont-ils réellement fabriqués par la société ? La consommation des corps, des cerveaux, des envies, de la faiblesse d'autrui suggère d'abuser d'êtres humains comme d'objets. Triste sort pour notre espèce ! Mais hormis quelques animaux carnassiers, nous n'avons plus de prédateurs naturels. Les progrès de la médecine réfrènent les maladies. Seul à réguler sa natalité et sa croissance, il serait logique que l'homme devienne un loup pour l'homme. Dans ce cas, le pervers narcissique serait-il un être humain à l'instinct animal plus développé ? En s'attaquant aux êtres les plus fragiles, ferait-il office de sélecteur naturel ?

La sonnerie d'une notification retentit. J'hésite à consulter mon PC à l'écran à demi rabattu, isolé à l'angle de mon bureau. Depuis vendredi, Pokerfaith n'a pas donné signe de vie. Je demeure absorbée par ma lecture. Si c'est bel et bien lui, il peut attendre quelques heures ; j'ai patienté trois jours !

Vers une heure du matin, avant d'aller me coucher, je daigne jeter un œil à ma messagerie. Un soupir de soulagement détend ma poitrine.

Pokerfaith : *Vous jouez sur les mots et en retour, ils se jouent de vous. Ils dévoilent votre trouble. Pensez donc au lièvre et à la tortue. Votre impatience à m'adouber me flatte, mais on ne tire pas sur une fleur pour la faire pousser !*

Incroyable. Ma mère me soufflait ce proverbe africain pour pondérer mon énervement quand je l'aidais à entretenir le jardin. Il débordait de différentes espèces de fleurs qu'elle soignait comme ses enfants – et même mieux. Elle commandait des graines, des plants et des bulbes de différents pays pour composer des paysages floraux à l'harmonie impeccable. Disposition, couleurs, hauteur, volume et forme, tout était étudié pour caresser l'œil. Au printemps, j'observais leur évolution quotidienne jusqu'à la floraison. Sensible à la beauté, je contemplais avec plaisir ces êtres fragiles livrer au ciel leur cœur bariolé.

Qui est cet homme qui s'infiltre au plus profond des êtres ? Comment parvient-il à une telle prouesse — me propulser dans des souvenirs d'enfance — malgré son manque d'empathie ? M'a-t-il induite en erreur lors de la thérapie ? Cache-t-il son jeu comme sur son étrange photo de profil ? Est-ce une simple coïncidence ?

Je renchéris :

Storie : *Un grain de maïs a toujours tort devant une poule, mais pensez-vous que la raison du plus fort soit toujours la meilleure ? Êtes-vous seulement un jeune loup à jeun que la faim attire en ces lieux ? Ou êtes-vous capable de délicatesse bien que vous ne ressembliez pas à une blanche brebis ?*

Il n'est pas en ligne. Je lirai sa réponse plus tard. Après une douche tiède et le visage enfoui dans l'oreiller, je m'endors d'un sommeil lourd, sans rêves.

Souvenirs sept

Quand le divorce fut prononcé et qu'il obtint la garde, mon père embaucha une femme de ménage pour l'assister dans la gestion de la maison, mais elle disparut pour être remplacée au bout de quelques mois. Ce mode de fonctionnement se reproduisit de nombreuses années. Entre chaque changement, le téléphone ne cessait de sonner. Mon père balayait l'air de la main en préconisant :
— Laissez sonner, elle se fatiguera.

Quand nous fûmes en âge d'être autonomes, il rencontra ses prétendantes à l'extérieur. Quelques-unes passèrent dans nos vies sans que nous n'y prêtâmes attention. Ses amours ne duraient pas : toujours le téléphone sonnait et jamais nous ne décrochions. Mon père enregistrait les numéros de ses anciennes conquêtes avec des appellations qui nous enjoignaient de ne pas répondre : « Peste », « Choléra », « Déteste les enfants », « Plus jamais ça ».

Malgré son côté bourreau des cœurs, nous l'écoutions religieusement. Il définissait des limites à ne pas dépasser et nous les intégrions docilement. Quand il s'absentait le soir, nous respections à la lettre la liste d'activités proposées, le menu prévu et les heures de coucher. Mon programme personnalisé alternait goûter, devoirs et exploits sportifs avant de dîner devant une rediffusion de match. Son réalisme ne pouvait être qu'approuvé.

Nous eûmes très tôt conscience du poids des responsabilités qui pesait sur lui, autant dans l'entreprise qu'il dirigeait qu'auprès de nous. À l'époque, parmi les rares enfants de parents divorcés présents dans notre entourage, nous seuls étions élevés par notre père. Ce schéma familial suscitait des regards à la fois envieux et terrifiés.

Le comportement de mon père laissait à désirer. Il semblait parfois appartenir à la même fratrie que nous, livrée à elle-même. À la fin du repas, il distribuait les desserts depuis le frigo de la cuisine qui donnait sur le salon, lançant yaourts, fruits ou compotes que nous attrapions au vol. Les accidents provoqués par mon frère, à la vue et aux réflexes désastreux, repeignaient la pièce. Mon père envoyait alors le rouleau de Sopalin.

Nous saluions le gardien du phare de Granville le matin avant de nous rendre à l'école. Client de l'entreprise de location de mon père, ils étaient devenus amis. Nous montions avec son autorisation en haut de sa tour d'ivoire, émerveillés par la vue ou éblouis par la puissante lumière selon la saison.

Phobique des magasins de vêtements, mon père évitait tout contact avec le shopping. Nous quémandions semaine après semaine des slips, des chaussettes, des T-shirts et des pulls neufs. Je me demandais souvent pourquoi il n'existait pas de ceinture pour culottes. Les élastiques des miennes étaient tellement distendus qu'elles me tombaient sur les pieds si je n'enfilais pas mon pantalon d'un même mouvement.

Seules les grandes surfaces et les magasins d'articles sportifs représentaient un compromis acceptable. Mon père pouvait tester une combinaison de plongée ou s'intéresser à des lunettes de soleil polarisées pendant que nous nous démenions à trouver notre taille dans les vêtements « potables » exposés chez Sport 2000.

La première fois que j'achetai de la lingerie, c'était celle du Leclerc. Cachés sous le jambon en tranches dans le caddie, les deux paquets Dim attendaient sagement le passage en caisse. Je les dissimulai sur le tapis roulant entre un paquet de lessive et un sac de pommes de terre. J'attendis nerveusement que Magalie, comme l'indiquait son badge, les passe en caisse pour les fourrer dans un cabas.

Comme d'habitude, arrivés à la maison, mon père et Liam ne portèrent aucun sac, me laissant le loisir d'effectuer les allers-retours. Décharger les courses me défoulait. Je pris bien soin de m'occuper du cabas contenant mes dessous en dernier. Dans la cuisine, j'en extrayai les deux paquets et les cachai sous mon pull avant de monter dans ma chambre. Étonnée par la facilité avec laquelle j'avais conclu l'opération, je me congratulais.

L'éclat de rire de mon père envahit alors la maison, suivi du puissant sifflement qu'il faisait sortir d'entre ses dents écartées quand il nous appelait. À ce bruit de ralliement, nous nous ruions à sa rencontre. Ainsi, les soirs d'été, quand nous jouions sur les bottes de foin dans les champs entourant la maison, nous savions que le dîner était prêt.

J'appréhendai la raison de son appel, sachant que le repas serait servi plus tard. Mon père tenait le ticket de caisse devant son nez. Les yeux encore plissés par le rire, il pouffa :

— « Tanga fantaisie x 2 » ? « String dentelles x 4 » ? Liam, c'est toi qui as acheté ça ?

Mon frère ricana à son tour en lui arrachant le ticket des mains. Après examen de la pièce à conviction, il conclut :

— Ce doit être une erreur.

Leurs sourires s'affaissèrent soudain et ils me dévisagèrent. Je rougis jusqu'aux oreilles avant de détaler.

Il était aussi difficile pour moi de m'affirmer en tant que femme que pour eux de me voir comme telle. Mon corps présentait peu de formes féminines. Avec mes nombreux entraînements sportifs, ma musculature était celle d'un homme et je me prêtais avec plaisir aux jeux de force qui animaient le quotidien à la maison : courir le plus vite, gagner au bras de fer, porter mon père sur vingt mètres, marcher sur les mains…

Je réussis à donner le change de nombreuses années. J'aimais l'ambiance virile qui caractérisait notre famille, sans pincettes, sans chichis. Avec leurs voix qui portaient, Liam et mon père armé de sa guitare pour l'occasion, incarnaient de parfaits supporters lors de mes compétitions régionales. Quand je gagnais un set, ils entonnaient la chanson d'Hugues Aufray, *On est les rois*, hymne de notre famille.

Échange trois

Devant l'écran de mon ordinateur et une tasse de thé, je découvre le menu du petit-déjeuner :

Pokerfaith : *Chère brebis égarée, vous vous préoccupez des loups, mais vous avez surtout besoin d'un berger. Puissé-je faire l'affaire...*

Pokerfaith a compris que Storie se rétractait, menacée. Après l'avoir inquiétée à propos de sa fiabilité, il lui redonne le contrôle comme un cadeau. L'alternance de la punition et de la récompense est l'un des mécanismes utilisés par le manipulateur. Quand j'ai souhaité mettre fin à la thérapie, il a usé du même procédé.

Tel Dieu descendant de son nuage de laine blanche, il s'improvise guide. Il se veut protecteur tout en émettant un doute sur sa capacité à l'être, comme si les « attentes de princesse » de Storie généraient ses manques. Toujours rejeter la faute sur l'autre. La remise en question du pervers est très rare. Ou alors, elle sert à amadouer sa victime pour mieux la saper.

Après avoir plastronné, il se place en position basse. Il délègue le pouvoir à Storie pour qu'elle conserve un minimum d'intérêts à poursuivre cette relation. Sans un renforcement positif — la gamelle de nourriture du chien de Pavlov — elle se lasserait de ses provocations. Elle ne baverait plus à la sonnerie de la notification. Finalement, il s'en remet à Storie pour déterminer sa valeur et son influence.

Je suis surprise de son habileté à gouverner les processus psychiques de l'autre. Comme je l'avais pressenti en séance, la manipulation est son arme principale. Notre jeu m'attire, mais contrairement à la souris qui se laisse berner par le morceau de gruyère, je vois le mécanisme retenant le clapet et je ne le flatterai pas, je ne me dévaluerai pas. Je ne tomberai pas dans son piège.

Storie : *Tentez-vous de renverser le trône ou doutez-vous simplement de vos qualités chevaleresques ? Vous vous reléguez au rang de simple berger. Puissiez-vous encore murmurer à l'oreille des brebis...*

Je lui renvoie son défi, son reflet. À lui de savoir s'il peut être mon guide ! Malgré tout, je laisse filtrer un désir. Il doit percevoir ma molle résistance, sentir l'ambivalence poindre en moi. Une fois qu'il me croira à sa disposition, il tentera de m'anéantir. C'est là que je retournerai la situation.

Je marche vers la gare de Lyon. Il n'est plus question de me rétracter : mon stratagème fonctionne. Pokerfaith est un adversaire habile, mais il ne m'impressionne pas tant. Il possède lui aussi des failles, je les devine et je m'en servirai en temps voulu. Je lève les yeux le long de la façade d'un immeuble. Le ciel est particulièrement beau, ce matin.

J'aurais aimé passer le 1er mai ailleurs qu'au cabinet, mais en ce jour férié, les patients sont disponibles et reposés. Les salariés peuvent consulter en journée et notre rapport s'avère différent. Sans le moment de relâche clôturant leur journée de labeur, nous attaquons directement le travail thérapeutique. Ils ne déchargent pas leur amertume envers leurs collègues ou la pression subie ces dernières heures pour être ponctuels au rendez-vous, ils abordent directement leurs blocages. Ces séances productives relancent leurs thérapies.

Je n'ai pas souffert de ma hâte : la journée est passée comme une flèche. En rentrant, je m'assois à mon bureau pour ouvrir mon PC. Mes ongles tapotent le bois de la table en attendant l'ouverture de ma session. Je place le curseur de la souris en haut à gauche de l'écran où apparaîtra la section « Messagerie ». La page du site à peine affichée, je clique.

Pokerfaith a répondu à mon message une heure après son envoi.

Pokerfaith : *Je n'ai jamais douté de mes capacités à combler une reine ni de quoi que ce soit : je suis solide comme la Roche... foucauld.*

Je souris. Entre la prison et l'exil, la vie du petit François n'inspire pas la stabilité ! J'aime le paradoxe qui compose sa blague. Il a préféré l'humour à la justification.

Pokerfaith en ligne, je m'empresse de chercher une citation du moraliste qui pourrait questionner son assurance. J'envoie :

Storie : *Rien n'empêche tant d'être naturel que l'envie de le paraître.*

J'observe les toits parisiens se découper devant le ciel crépusculaire. Gris-rose, il reste éclairé par les lampadaires, les phares des voitures, les panneaux publicitaires, les millions de fenêtres des habitants de la capitale. Il garde ses étoiles loin des regards curieux. Admirer une constellation sur ce plafond relève du miracle.

Une sonnerie interrompt ma contemplation et mes yeux reviennent à l'écran de l'ordinateur. Le message de Pokerfaith me fait l'effet d'une claque.

Pokerfaith : *Que croyez-vous ? La vie elle-même est un bal où l'on valse avec un masque comme seul partenaire ! Les robes en voile tournent, trompeuses corolles, les chaussures pivotent, racines flottantes. Les bras maintiennent le dos mais renversent la tête, dans le gracieux manège des âmes en déroute. Qu'importe : m'accorderez-vous cette danse ? Mon masque de loup me collera à la peau encore un temps. En brebis égarée, le vôtre doit-il être arraché avec les dents ?*

Je relis plusieurs fois sa prose. La beauté et la sensibilité que dégagent ses phrases m'étonnent. Derrière la poésie, le sens de ses mots n'en est que plus touchant. Pense-t-il que la séduction est un leurre ? Me prévient-il que notre danse ambiguë risque de me mettre à nu ? Me défie-t-il dans un duel plus sentimental que littéraire ?

Peu importe : j'accède enfin à lui. Plus je le découvre, plus Pokerfaith m'évoque un être écorché vif. Dissimulé derrière son écran, il se dévoile sans artifice, il ne gonfle plus le torse. Je caresse les touches du clavier pour convoquer l'inspiration. Entrer dans le conflit risquerait de faire trembler son ego et de le rendre agressif. J'opte donc pour la flatterie.

Storie : *Vous maniez la langue vulgaire de façon si raffinée ! Comment deviner qu'un berger ayant pour seuls interlocuteurs des moutons puisse déclamer des vers ?*

Il répond :

Pokerfaith : *À croire que je suis un ovni plus qu'un ovin !*

Je laisse s'envoler un rire. J'aime son humour, son esprit incisif et le plaisir procuré par notre joute verbale. J'aurais pu éprouver la même satisfaction si, lors d'une fête ennuyante chez des inconnus, j'avais trouvé un convive au sarcasme semblable au mien. Nous aurions transformé cette soirée terne en un carnaval de critiques mordantes.

Sans tenter de l'égaler dans son habileté lyrique, je l'interroge simplement :

Storie : *Qu'est venu faire sur cette planète l'extraterrestre que vous êtes ?*

Je me dandine sur ma chaise devant les trois points qui clignotent un à un pour m'indiquer qu'il compose sa réponse.

Pokerfaith : *J'ai rencontré peu de filles qui citent la Fontaine ou La Rochefoucauld au détour d'une conversation sur un site de rencontre. Pourquoi suis-je descendu sur Terre ? Pour trouver une interlocutrice comme vous.*

Mon cœur semble s'arrêter un instant. Cet homme a le sens de l'annonce ! Il agence les mots avec dextérité pour distiller des frissons chez l'autre, mais dans notre combat psychologique, mon trouble n'a pas sa place. J'expire longuement jusqu'à ce que mes poumons soient vides. Vingt secondes passent et le besoin de respirer prime sur les autres. J'attends jusqu'à ce que l'apport d'oxygène devienne mon seul impératif. Monsieur Guerrand s'apparente alors à une préoccupation secondaire qui ne déclenche aucune émotion.

Tout mon corps appelle à l'aide, à présent. Ma cage thoracique s'enfonce de façon régulière en quête d'air. À la fois en danger et animée d'un fort désir de vivre, j'inspire enfin amplement. Comme neuf, mon organisme reprend vie et Pokerfaith sa place de correspondant pervers, de patient détestable duquel je me vengerai.

Storie : *Ainsi, vous cherchez une Marquise de Merteuil... N'êtes-vous vous-même qu'un flatteur libertin ?*

Pokerfaith : « L'amour, la haine, vous n'avez qu'à choisir, tout couche sous le même toit » *! Je serai ce que vous voulez que je sois. De quoi manquez-vous ?*

Je réfléchis un temps avant d'avouer :

Storie : *De compagnie.*

Pokerfaith : *Alors je serai votre compagnon.*

Notre échange fait naître un sourire ému sur mon visage. Pour la première fois, j'entrevois chez lui l'envie sincère de combler, de protéger. Je suis également impressionnée par sa connaissance littéraire. La rapidité de notre échange prouve qu'il citait de mémoire *Les Liaisons dangereuses*. Un certain respect se glisse tout contre mon désir de l'humilier. N'est-il pas plus délicieux de battre un adversaire qu'on estime ?

Tribulations trois

Je n'ai jamais voulu d'enfants. Comment avoir envie de reproduire un lien catastrophique, une maltraitance mordante ? Répéter mon schéma familial participerait du crime contre l'humanité. Le risque d'incarner une mère comme la mienne est inscrit dans mes gènes. Je serais terrorisée à l'idée de décompenser à la naissance de mon enfant, de basculer d'un coup dans la folie.

De plus, je ne veux pas devenir une de ces femmes-mères désolées que leur enfant grandisse si vite. Elles vivent pour leur progéniture, les histoires le soir, les devoirs, les repas, les vêtements miniatures, les voyages scolaires. Elles s'oublient, perdent leur sensualité, leur sexualité ; le mot « femme » les fait sursauter. Leur mari les écoute distraitement par respect pour leur histoire passée.

Je tiens à ma liberté physique et mentale, à ma vie aux horaires malléables et sans contraintes. Trop de projets m'attendent pour m'encombrer d'un enfant. Je ne m'ennuierai jamais au point de saturer mon quotidien de pleurs, de cris et de caprices. Comment concevoir qu'une demi-heure de tranquillité devienne impossible ? Ma question horrifierait le professeur Colwyn Trevarthen, mais comment avoir envie de converser avec un individu de deux ans ? Je tiens à l'échange intellectuel et à la culture !

Je craindrais qu'il soit lui aussi hyperactif. Dans l'enfance, à la place de mon frère, je n'aurais pas pu me supporter. Imaginons que mon enfant souffre de troubles du comportement ou des apprentissages, comment pourrais-je l'aider ? Je manquerais de patience. Je raterais son éducation et il piquerait des crises-tremblements-de-terre au supermarché pour obtenir la toupie qui clignote que ses petits copains exhibent à l'école.

Je ne veux pas ressembler à ces parents désœuvrés devant leur gamin qui braille. Ils le grondent, le bercent, négocient, lui crient dessus ou lui parlent gentiment ; rien ne fonctionne et le bambin continue de pousser des hurlements remplis de pleurs. Autour d'eux, des regards dédaigneux ou indignés s'échangent, les gens secouent la tête, exaspérés.

Rares sont ceux qui comprennent ma réticence. Les parents argumentent : « Tu verras, un jour l'envie de maternité te prendra et ce sera le plus beau jour de ta vie ». Comme si, moi aussi, insupportable résistante, je devais commettre la même erreur. Quand ils se montrent trop insistants, décrivant les questions rigolotes de leur rejeton et la transmission des valeurs sûres qui sauveront notre société, je passe au degré supérieur.

— Finalement, tu as raison. Être maman n'a pas de prix. Donner la vie est le plus beau cadeau qui soit. J'y songe depuis longtemps et, grâce à toi, je vais passer le cap. Je vais donner mes ovocytes.

Échange quatre

Une assiette fumante de pâtes au pesto sous le nez, je prends place derrière mon ordinateur. J'accède au site de rencontre avec excitation pour découvrir qu'aucun message de Pokerfaith ne m'attend. La déception s'immisce en moi. Toute la journée, je me suis demandé s'il relancerait l'échange. N'y tient-il pas un minimum ? Combien de correspondances entretient-il ? N'a-t-il pas proposé de devenir mon compagnon ?

Une notification m'informe qu'il vient de se connecter. Je me lève pour vaquer à d'autres occupations, décidée à le laisser engager la conversation. Après avoir observé un à un mes voisins, lu un article sur la passion de Louis XVI pour les serrures, tourné en rond, mangé deux paquets de gâteaux, bu une tisane et fait le tour du quartier, je me résigne à lui écrire.

Storie : *Vous voilà adoubé par Sa Majesté la reine. Félicitations, jeune extraterrestre ! N'oubliez pas qu'un chevalier porte et protège sa bannière, sans quoi il se verra banni.*

J'observe les trois petits cercles se remplir tour à tour. La composition de son message me semble interminable.

Pokerfaith : *Vos exigences dépassent vos attentes ! Si je résume, votre chevalier doit se montrer servant, subtil, d'agréable compagnie, vaillant, sagace, vous défendre et arborer vos couleurs pour appartenir au gratin qu'il aurait lui-même cuisiné. Vous semblez accorder peu de confiance au sexe masculin. Avez-vous été trahie par le passé ?*

Sa réponse frontale me désarçonne. Il me fait passer pour la fautive, l'exigeante, la femme à l'ego fragile qui le supplie de rester près d'elle. Il déforme mes propos et mon rapport à moi-même. Par une question en apparence banale, il tente d'explorer mes faiblesses. Dois-je l'appâter avec la faille ou le bouclier ? Un panneau de fer fendu, peut-être...

Storie : *Je me méfie des complots à la cour. Je suspecte les hommes de sombres desseins. Avant d'accepter une lettre pourtant portée de longs jours contre son cœur, j'étudie minutieusement le messager. Trouvez-vous exagéré de me méfier d'une simple correspondance ?*

Pokerfaith : *Au contraire, vous avez raison. Les mots attachent et aliènent. Leurs courbes aiguisent la pointe des flèches de Cupidon. Peu importe la langue, le sexe, la distance, elles atteignent les âmes du monde entier. Les mots ont cette magie de fabriquer des envies, de tendre l'arc du corps. Ils roulent sur le papier pour former autant d'idées arrêtées ; un pouvoir sans limites qu'il suffit de savoir utiliser. En chevalier loyal, mon devoir est de vous prévenir : ne succombez pas au jeu des mots !*

Je parcours plusieurs fois ses phrases justes et élégantes, arrangées comme des notes de musique. Comment deviner qu'une telle poésie habitait ce patient fourbe ? Serai-je capable de le suivre dans ses envolées stylistiques ? Tout en restant la chose délicate qu'il projette de posséder, je dois le surprendre. Incarner un challenge alléchant.

Storie : *Bien qu'appréciable, votre capacité à manier les mots m'effraie. Allez-vous utiliser cette faculté pour atteindre mon âme ou, pire, mon cœur ? Je m'en vais rejoindre les bras solides de Morphée, repère intangible et amant idéal. Dans le temps qui vous est imparti et avant le lever du soleil, je vous propose d'enlever votre heaume et de passer rondement à table, pour que*

je sonde votre fiabilité. Écrivez-moi longuement et sûrement.
Bonne nuit.

J'abaisse l'écran de mon ordinateur. La soufflerie réchauffe la pièce quelques secondes encore avant de stopper net. Pokerfaith ne brille pas que dans le domaine de l'écriture. À travers notre correspondance, il cerne mes désirs et réveille de vieux rêves. Mon impatience face à l'attente de sa réponse me trahit. Caractéristique de l'euphorie provoquée par une nouvelle rencontre, elle dévoile mon plaisir à le côtoyer — virtuellement.

Tribulations quatre

Environ un quart de mes patients ne confient à personne qu'ils consultent un psy. La société est infectée de préjugés enfoncés comme des clous crantés. « Je ne veux pas qu'on me prenne pour un fou », martèlent-ils. Les expressions « voir quelqu'un » ou « être suivi » admettent sans nommer, comme des tabous. La population connaît peu les désordres de l'âme, résumés sous le terme : « la psychiatrie ». À l'évocation de ce domaine obscur, les poils se dressent. Pourtant, on expérimente des troubles psychiques au moins une fois au cours de sa vie.

Les mots « borderline », « schizophrène », « bipolaire » et « maniaque » sont galvaudés et utilisés pour décrire des comportements, mais il s'agit de maladies, de troubles de la personnalité ou de troubles de l'humeur. Les stigmatisations, telles que « Un schizophrène est dangereux » ou « Un bipolaire vrille en une seconde », entretiennent « la psychose » populaire et cantonnent les patients à leur quarantaine, alors qu'ils auraient besoin de soutien.

Bien sûr, un patient diagnostiqué schizophrène, seul et sans soins, peut s'avérer dangereux pour lui-même et les autres, tout comme un homme en apparence sain d'esprit peut décompenser dans une situation de stress extrême. Tout le monde souffre d'obsessions, reproduit certains rituels, a été victime d'une hallucination, s'est réveillé d'humeur massacrante et s'est couché euphorique.

L'homme est par définition un être d'émotions, de pensées, de sensations, de comportements... Le monde intérieur des patients en psychiatrie est simplement différent de la norme, foisonnant ou déficient. En hôpital psychiatrique, on retrouve des surdoués ou des Asperger jamais diagnostiqués, des personnes célèbres, des individus pour qui tout allait bien jusqu'à un épisode délirant vite résorbé, mais aussi des soignants : psychiatres, psychologues, infirmières, aides-soignantes...

Une croyance répandue voudrait que les malades en psychiatrie « se bougent pour s'en sortir ». Ce discours culpabilisant crée l'effet inverse. D'autant plus accablés qu'on le leur reproche, les patients incompris se replient sur eux-mêmes et s'éloignent de la guérison. L'expérience commune montre pourtant qu'une blessure morale demande du temps.

Si les troubles psychiques étaient reconnus comme une fracture physique nécessitant une période de convalescence, ils seraient mieux admis. Les patients n'auraient pas à se justifier : on ne somme pas un malade plâtré de marcher. Leur isolement serait considéré comme une étape incontournable du rétablissement.

L'économie psychique est l'équilibre que chaque individu tente de conserver pour « fonctionner » correctement. Un patient en *burn-out* avec un schéma d'exigences élevées va continuer de s'épuiser au travail. Cependant, dans un réflexe de survie, son corps développera une maladie ou un symptôme handicapant pour l'empêcher de persévérer dans cette voie. Ce frein sera assez brutal pour briser les habitudes en cours, mais supportable pour préserver l'intégrité de la personne. Ces troubles salvateurs lui permettent de se détourner d'un chemin destructeur. Les symptômes sont des indices que l'équilibre est en danger et le rythme de vie à revoir.

Extrait de correspondance

Pokerfaith
3 mai 2019, 1h31.

La nuit éclipse le jour et je relis votre dernier message. Je vous l'accorde, mieux vaut des épis solaires que des piques, des lettres alignées que des mots éparpillés. Il m'est néanmoins difficile de m'ouvrir à vous. Comme fondu, mon heaume s'est greffé à ma peau, mes traits et mes angles si bien que je ne l'enlève plus. Visage du poker, cet illisible masque de fer contient mes sentiments pour qu'ils ne rompent jamais sa barrière. Suis-je mon propre prisonnier ?

Que puis-je dire de moi ? Je me suis échoué sur ce site ringard au fond capitonné par dépit. Les histoires d'amour finissent par se transformer en mauvaises herbes entassées en un fumier nauséabond qu'on arrose d'eau croupie...

Vous voyez, vous n'êtes pas la seule à manquer de foi en votre prochain. Deux déçus désillusionnés trouveraient-ils l'issue des illuminés ? Se soutiendraient-ils dans cette tornade de rencontres accablantes, tels deux Vicomtes qui vivent et comptent ? S'uniraient-ils malgré leur méfiance, telles deux Marquises revenues des esquifs ?

Mon esprit est parfois noir comme un gouffre. Vous aussi avez flirté avec le feu si vos ailes sont brûlées. Vous tentez de dissimuler vos cicatrices, mais elles sont grandes comme le corps. Vous me demandez d'enlever mon heaume et vous portez vous-même un masque! Alors je vous en prie : honneur aux dames!

Storie
3 mai 2019, 5h54.

La provocation vous anime! Vous avez raison : c'est ainsi qu'on teste le caractère. Une fois apprivoisé, le mien est doux, sans épines. Je n'ai pas comptabilisé assez d'aventures amoureuses pour en faire un tas, mais je partage votre impression d'amour en décomposition.

Échouée moi aussi sur ce site d'un kitch certain, c'est ma première inscription et je pensais tomber sur des cavaleurs peu subtils aux photos protéinées. Mais vous voilà, vous et votre prose mélodieuse. Vous me surprenez! Seriez-vous à l'origine de l'espoir qui se lève ce matin avec le soleil?

Est-ce cela que faire tomber le heaume? Vous parlez de dévoilement et vous restez caché derrière votre ombre! La reine doute de votre bonne foi. Votre galanterie serait la bienvenue dans d'autres cas, mais qu'importe : que voulez-vous savoir de moi?

Pokerfaith
3 mai 2019, 19h11.

Je veux tout savoir. D'où vient la volonté qui vous extrait des draps le matin et quelle image vous endort le soir. Dans quels méandres s'égare votre esprit lorsque vos yeux sont fixes? Quel aliment a le plus marqué vos papilles? Quel âge aviez-vous, où et avec qui goûtiez-vous cette impression qui vous a traversée? Quel secret jamais révélé gardez-vous ? Quelle mimique répétez-vous lorsque vous me lisez ? Lorsque vous m'écrivez ? À quoi ressemble votre sourire ? Souvent je vous imagine, Storie.

Storie
4 mai 2019, 06h46.

Quelle est donc cette exaction ? Vais-je réellement me dévoiler la première ? Puisque vous avez témoigné de sincérité en trahissant les vues de votre esprit, je répondrai à la première question.

Je n'ai jamais manqué d'énergie pour me lever, la matinée est le plus bel instant de ma journée. J'aime la lumière qui embrasse de nouveau le monde, ce moment où le destin décide des événements qu'il provoquera. L'esprit sort de sa torpeur avec les rayons du soleil pour s'éclairer d'idées. À l'aube, tout semble possible.

Et quand vient la nuit, les images qui dansent dans ma tête contrarient mon repos. Alors je m'imagine allongée sous l'eau, là où se brisent les vagues. À mi-chemin entre les profondeurs marines et la plage, j'observe les yeux ouverts le tourbillon des bulles qui s'élèvent vers la surface. À quelques mètres en dessous, le bruit est émoussé, le calme règne. Il ne reste des déferlantes qui chevauchent la mer qu'une légère sensation de courant. Mes cheveux vont et viennent avec le flux et le reflux des vagues, la respiration ample de l'océan. Soumise à sa force, je dérive à sa guise et je l'imite. J'inspire quand le mouvement aquatique me pousse vers le rivage, j'expire quand l'eau se retire dans les entrailles de la Terre. C'est ainsi que le sommeil m'emporte...

Et vous ?

Pokerfaith
4 mai 2019, 19h53.

Voilà une méthode originale ! Allons-nous élucider les réponses une à une, en partageant nos ressentis comme à l'orée de la nuit, côte à côte dans l'obscurité, mêlant les secrets et les émotions aux rêves d'ailleurs ? Un soir d'été, allongés à une distance suffisante pour tourmenter nos sens, nous nous consolerions en palabres. Nous dévierons sur nos impressions profondes, une intimité jamais confiée à quiconque. On s'offre toujours davantage aux inconnus...

Pour ma part, je m'endors en songeant à ma solitude. Elle est ma première et ma seule amie, mon repère quand tout se confond, mon refuge silencieux quand le monde tourne à toute allure. Elle s'applique comme un baume apaisant, une panacée au malaise ressenti. Quel malaise, m'interrogerez-vous ? J'hésiterai longuement sur le choix des mots. Comment décrire ce qui nous constitue ? Puisque vous vous êtes efforcée de dépeindre votre somnolence, je prendrai à mon tour un pinceau pour caresser les détails.

Depuis l'enfance, j'évolue en marge des autres. L'homme redoute la solitude ; j'en ai fait ma famille. L'homme craint le vide, devenu pour moi une ressource. Mais au fil des années, un manque s'est infiltré dans les fissures de ma forteresse. La solitude trouble les cerveaux qu'elle n'illumine plus. Même le loup solitaire a appartenu à une meute. Alors je cherche ma place, ma meute, une distance agréable avec le monde. J'observe mes congénères suivre des rails, aménager leurs vies, fonder une famille quand seule ma solitude m'accompagne convenablement. Je doute de la bonne influence de cette amie d'enfance, mais je ne peux me résoudre à l'évincer.

Cela dit, depuis cinq jours, mon isolement s'agrémente d'une douce nuance...

Storie
5 mai 2019, 6h20.

Votre sentiment de solitude me pousse à l'admiration et me peine tout à la fois. L'absence et le vide laissés par un être aimé m'ont toujours mise à genoux. Lentement, j'ai pu me relever, un pied puis l'autre, pour cesser de faire le dos rond et relever la tête. Ce travail de longue haleine coule naturellement dans vos veines ! Je ne peux qu'applaudir. Malheureusement, vous dépassez le juste milieu pour vous réfugier dans l'extrême inverse : le retranchement. Ne fréquentez-vous que des livres ? N'avez-vous partagé votre âme avec personne ? J'adorerais écouter vos pensées en observant entre nous cette distance amicale, terreau du fantasme.

Deuxième réponse : lorsque mes yeux sont fixes, de pénibles souvenirs appartenant à une autre époque défilent parfois. Je ne m'y attarde pas et je préfère imaginer l'étendue d'un horizon ou songer à des projets en cours.

Et vous-même ?

À ce soir, Pokerfaith !

Pokerfaith
5 mai 2019, 23h45.

Storie,

J'espère que votre journée s'est déroulée sans encombre. Je vous écris tardivement après avoir été retenu au travail pour terminer un dossier sensible. Quand je ne suis pas absorbé par les chiffres, les yeux plissés par les calculs, j'imagine un futur clément. Serais-je capable, comme mes pairs, de connaître le vertige amoureux ? De me féliciter d'un quotidien où les jours se ressemblent ? Puis-je être piqué d'intérêt pour quelqu'un au point d'étirer dans le temps un désir ardent ? Les interrogations peuplent mon regard fixe.

Personne ne m'a profondément connu. Pourtant, je fréquente non seulement des livres, mais aussi des revues, des essais, des biographies, des journaux et parfois des romans. Seule ma mère a recueilli mes douleurs d'enfant, a tempéré l'adolescent et encouragé l'homme. J'aurais aimé la bercer de sécurité, moi aussi. La vie en a décidé autrement.

L'heure tardive me pousse à la confidence et je m'en vais clore ce jour. À demain, chère correspondante.

Tribulations cinq

Je découvre avec stupéfaction une tout autre facette de Monsieur Guerrand. Son infortune, ses problèmes de toujours, sa relation avec sa mère, sa sensibilité. Je relis ses lignes les yeux plissés à la recherche d'un mensonge qui trahirait son machiavélisme. Je ne repère que quelques tentatives de manipulation. Comme Joe face à Sugar dans *Certains l'aiment chaud*, il défie l'autre de lui inspirer l'amour pour la première fois, le poussant à prendre des risques. Il dissimule son arrêt de travail, respectant des horaires d'écriture correspondant à ceux d'un poste à responsabilités, mais ces aménagements ne me choquent pas.

J'imaginais qu'il me séduirait grâce à des stratagèmes aux ficelles visibles et il use de phrases élégantes. Se montre-t-il tel qu'il est ? Dans ce cas, quel personnage a-t-il incarné dans mon bureau et pourquoi ?

Les sourcils froncés, je me mords l'intérieur de la lèvre. Joue-t-il à l'homme malheureux, fragile et perdu pour me faire baisser la garde ? Veut-il éveiller ma compassion pour mieux m'attraper entre ses griffes ? Utilise-t-il cette technique avec toutes ses proies ? Fonctionne-t-elle ?

Je distille mes confidences, je le laisse crever mes barricades et entrevoir mon trouble. Malgré tout, je ne prends aucun risque. Glisser vers lui à travers le personnage de Storie me protège. Du haut de ma tour de guet, j'observe sa parade amoureuse, l'amusement aux lèvres. Je me plais à concevoir des ruses en réponse à ses manœuvres. Notre échange stimulant me rappelle la tension qui régnait lors de nos séances de thérapie. Cette impression de devoir m'attendre à tout : riposter, attaquer, m'émouvoir, rire, ironiser. Il fait naître en moi un intérêt purifié de tout ennui.

Souvenirs huit

Ma mère n'a pas toujours été folle. Ses premières années en couple avec mon père, elle a gardé un contact, même lointain, avec la réalité. Lui ne prêtait pas attention à ses bizarreries. Âgé de dix ans de plus, il accusait la fantaisie de la jeunesse. Elle entourait notre maison de gros sel, accrochait des gousses d'ail à chaque fenêtre, lavait sept fois les légumes avant de les cuisiner. Elle restait longuement absorbée par une idée, comme ces chats qui regardent attentivement le plafond et dont on dit qu'ils perçoivent les esprits.

Dans le jardin, elle protégeait ses plantes des sorts jetés par les démons de la terre. Accroupie, elle agitait ses doigts autour des feuilles ou des pétales en fredonnant un air entêtant. Son jardin était si soigné que des promeneurs se permettaient de pénétrer dans notre propriété pour admirer les massifs de fleurs. Pris sur le fait, elle leur expliquait le danger que représentaient les diables enfouis dans les profondeurs terrestres. Les badauds me scrutaient avec inquiétude quand je me tenais à ses côtés, avant de trouver une excuse pour prendre congé.

Elle réussit à travailler deux ans — sept postes en tout — jusqu'à ce que les dirigeants d'entreprise des villes avoisinantes communiquent à son sujet. Maline, perspicace, elle savait faire illusion à l'entretien d'embauche. Elle dévoilait sa vraie personnalité une fois secrétaire, bibliothécaire ou serveuse.

Après quelques jours dans un collège, elle organisa une semaine de grève pour le mois suivant, enrôlant les autres employés dans sa lutte sociale. Dans une boulangerie, elle distribuait des croissants aux passants dès que sa patronne s'absentait. Au sein d'une autre entreprise, elle s'était allongée à plat ventre au sol alors que son supérieur la critiquait. Elle avait déclaré : « Je me mets à votre hauteur ! » Enfin, elle inventait des histoires grotesques pour justifier ses absences. Elle raconta un jour que son mari venait de décéder à l'hôpital de Caen. Par un malheureux hasard, un de ses collègues connaissait un urgentiste de l'hôpital qui dénia formellement cette affabulation.

Plus ma mère était licenciée, plus son impression d'être victime d'un complot se renforçait. Les démons de la terre la pourchassaient sans relâche et elle redoublait de conjurations. Des montagnes de gros sel poussaient dans le jardin, semblables aux tas de terre rejetés par les taupes. Mon père fermait les yeux et se concentrait sur son entreprise. Il n'écoutait pas les ragots disséminés à propos de sa femme, il tentait de l'aimer comme il pouvait. Il s'était fait avoir à l'entretien d'embauche, lui aussi.

Extrait de correspondance deux

Storie
6 mai 2019, 21h17.

Vous parlez de votre mère en réponse à ma question. Je vous décrirai un souvenir avec mon père pour illustrer la suivante.

Nous étions dans le jardin de ma maison d'enfance. Agrippé au barreau d'un escabeau et le bras droit tendu en l'air, mon père cueillait des cerises qu'il envoyait dans une bassine portée par mes soins. Je prenais ma mission à cœur et veillais à me trouver au bon endroit pour récolter les fruits. Mon père chantonnait, sifflait, félicitait l'arbre pour sa production exceptionnelle. Il énumérait les mets que nous pourrions confectionner : clafoutis, confitures, gelée, coulis, tartes, salade de fruits.

Il descendit de son perchoir et il m'invita à examiner notre cueillette. Les doigts tachés de jus, il égrenait les billes rouges, lançant dans l'herbe les plus abîmées. « Tu en as déjà goûté ? », me demanda-t-il. Je secouai la tête. Dans ma mémoire de jeune enfant, le cerisier donnait des cerises pour la première fois.

« Tu la mets dans ta bouche et tu la croques tout doucement, car il ne faut pas avaler le noyau », préconisa-t-il. Je m'exécutai en mâchant à peine le fruit pour qu'il fonde de lui-même. Le noyau désolidarisé de la chair, une sensation inattendue se manifesta sur ma langue. Je crachai le contenu de ma bouche

dans mes mains jointes en poussant un cri. Un ver blanc se tortillait au centre de la bouillie rouge. Passée l'inquiétude induite par mon hurlement, mon père explosa de rire. « C'est lui qui te fait peur ? » Il attrapa le ver entre son pouce et son index et l'engloutit avant de conclure : « Mange la vie avant qu'elle ne te mange ».

Voici le récit de l'aliment qui a marqué mes papilles. À vous de répondre !

Bonne soirée !

Pokerfaith
6 mai 2019, 21h55.

J'ai beau chercher, mon aliment favori vous ressemble étrangement. J'adore déguster ces moments en votre compagnie, même à des kilomètres l'un de l'autre. Je devine vos lèvres qui s'étirent et la chaleur dégagée par votre rire. Exquise geôlière, j'imagine votre aura m'envelopper. J'aimerais mêler mes idées aux vôtres, alterner théories et théorèmes, citations et plaisanteries. Observer l'étincelle dans votre regard répondre à mes questions silencieuses. Je pressens des échanges riches et profonds. N'avons-nous pas les mêmes références ?

Storie
6 mai 2019, 22h36.

J'aime vous lire et vous écrire, je partage votre goût pour ces instants précieux. En pensées, je dessine également les traits de votre visage, mus par vos réactions. Oui, je me retrouve en vous, votre ironie, votre douceur aussi. Même timoré, mon attachement naît...

Jamais avoué qu'à moi-même, mon secret est le suivant : je n'ai connu qu'un seul amour. Confiez-moi vite le vôtre !

Pokerfaith
6 mai 2019, 23h18.

Storie,
Tous ces jours, j'ai gardé à l'esprit votre demande : me présenter à la table ronde, nu de mon heaume. Voici donc mon secret.

Tout le jour, votre pensée m'accompagne. Je pense à vous dès l'instant où je m'éveille et lorsque chacun de mes pas chatouille la peau du monde. Je songe à votre réponse quand j'arrive au travail et que mes doigts se lient à la machine pour se perdre en calculs. Vous êtes encore à mes côtés lorsque je sors de cette torpeur pour retrouver l'air libre. Mes rêves vous enlacent, mes pupilles enserrent chacun de vos mots, mes sentiments galopent vers vous.

Ma reine, me suis-je suffisamment dévoilé ?

Storie
7 mai 2019, 20h01.

La douce musique de vos mots m'empourpre les joues, mais je doute que votre attachement soit déjà si puissant ! Comment un homme de raison, pour lequel les mathématiques semblent diriger le monde, peut-il être corrompu par la passion ? Avez-vous égaré votre carnet d'observations objectives sur la planète Terre et ses habitants ?

Pokerfaith
7 mai 2019, 21h46.

Vous savez, l'armure est un équipement complexe. Plus on l'affine, plus son porteur devient mobile, mais plus élevé est le risque d'exposition aux coups de l'adversaire. Plus on l'alourdit, plus son porteur est protégé des attaques ennemies, mais moins il est agile. N'avez-vous pas la main lourde sur la vôtre ? Je distingue à peine votre silhouette sous cette épaisse cotte de mailles ! Détricotez vos réticences !

Puis-je penser à vous du matin au soir ? Songez à votre corps et à votre âme dans le plus profond respect ? Vous rêvez d'un prince charmant, mais vous mettez des bâtons dans les pattes de son cheval blanc ! Pourquoi refuser mon affection ? Un tel homme n'a-t-il pas le droit d'exister ?

Puisque mon heaume se fendille et qu'un écran offre une meilleure protection qu'un bouclier, je vous prouverai ma bonne foi en vous confiant un autre secret. Installez-vous près du feu, laissez-moi y ajouter quelques bûches et vous envelopper d'une peau d'ours. Soyez bien attentive, car un tel lever de rideau est inédit.

Il y a peu, j'ai consulté une psychologue pour la première fois. Mon travail de calculette ambulante avait entamé ma sérénité. Fournir des chiffres par ci, rendre des rapports d'activité par là... Avec rigueur, je m'attelais à ce labeur solitaire, mais l'épuisement me guettait. J'ai manqué de clairvoyance pour anticiper le débordement de ma pauvre âme : mes nerfs ont pris le contrôle. Je vous épargne les détails d'un tel épisode... Les jeunes terriens utiliseraient l'expression : «J'ai pété les plombs».

La psy était une femme jeune au joli visage, le corps et la démarche fermes, avec dans les yeux un manque sévère d'enfance. Une insouciance abîmée. Avant d'exercer, les psychologues eux-mêmes suivent parfois une thérapie. Elle avait dû faire un travail sur son passé, car elle dissimulait bien sa peine. Elle irradiait même d'une belle confiance. J'ai tout de suite su que la thérapie n'irait pas loin.

Storie, je m'excuse, je n'ai pas vu tourner les aiguilles et je dois sortir. Je lirai vos mots — tendres, je l'espère — à mon retour.

Puis-je déjà dire «je vous embrasse» ?

Storie
7 mai 2019, 23h22.

Il est inconvenant de me laisser patienter en plein suspense! Est-ce une ruse pour défier ma circonspection et renforcer mon attachement? Je rumine d'autres questions, mais je réprime mon impatience, car j'ai obtenu deux secrets pour le prix d'un.

Quand je vous écris, je me mordille tendrement l'intérieur de la joue. Quand je vous lis, ma mimique n'est autre qu'un sourire difficilement contenu. J'espère que vous l'observerez un jour. Cela signifiera que j'admire le vôtre en retour.

Ce soir, j'ai envie de vous parler encore et encore. De ne pas clore cette soirée en votre compagnie. Je rêve à ce projet dessiné du bout des doigts où, allongés côte à côte, par une nuit tiède, nous partagerions nos pensées. Que vous confierais-je de moi ? Que me demanderiez-vous ?

Mon métier ? Je suis architecte. Enfant déjà, je gribouillais des structures, des bâtiments, des maisons idéales. L'agencement des pièces et le gain d'espace sont mes spécialités. J'aime rencontrer un nouveau client et m'inspirer de sa vision du projet. J'absorbe ses idées pour les modéliser en murs, chambres, escaliers, fenêtres sur le ciel. Mes neurones-ouvriers construisent mentalement sa future demeure avant qu'elle ne dégringole en plans sur le papier. Vient la partie réelle, concrète. Un casque orange sur la tête, je me promène sur le chantier, j'observe les efforts fournis, l'avancement du projet. Je me réjouis de la réalisation de mes croquis. J'aime tout simplement mon métier.

Ces révélations suffisent-elles à en récolter d'autres de vous ? Que s'est-il passé au travail ? Quelle a été la suite de votre consultation chez la psy ? Comment avez-vous su que la thérapie n'aboutirait pas ? J'espère ne pas vous ensevelir sous les questions... Une dernière, la plus importante : où êtes-vous allé en ce début de soirée ? J'ignore si je peux vous l'avouer — nous nous connaissons depuis si peu de temps ! — mais vous savoir à un rendez-vous galant me serrerait le cœur.

Je vous embrasse aussi.

Pokerfaith
8 mai 2019, 19h54.

Quelle est donc cette interrogation suspicieuse ? Si vous ajoutez l'absence de confiance à la méfiance, notre relation durera autant que ma thérapie ! Laissez-moi intégrer votre univers sans crainte, je suis votre chevalier servant! Je vous dirai la vérité.

J'évite de fréquenter les femmes depuis que l'une d'elles m'a quitté. Cette rupture difficile m'a écœuré des rendez-vous galants... à l'exception de ceux qui m'attendent ici. Comment résister à l'esquisse d'une histoire, la promesse d'une caresse, votre doux nom, Storie?

J'effeuille vos questions pour vous concéder une seule réponse. J'ai pressenti que la thérapie serait brève, car cette femme avait du caractère. Je cherchais une psychologue magnanime qui me console des maux du monde entier, pas une femme incisive qui dissèque chacun de mes dires! Son esprit vif n'offrait rien au hasard ; elle excellait dans son travail.

Pour être tout à fait honnête, je la consultais pour obtenir une attestation qui consoliderait mon dossier médical de burn-out. Grâce à ce document, ma sincérité aurait été constatée par mes supérieurs. Ils auraient convenu d'aménager mon poste et de fournir au loup solitaire que je suis un bureau isolé du reste de l'équipe.

Mon intention était perfide — mea culpa — et cette psychologue me l'a bien rendu. Elle n'a pas joué le jeu du prestataire docile qui rédige une attestation en échange d'un chèque. Je n'ai pas joué non plus le rôle du dépressif répété pour l'occasion, préférant incarner un homme combatif. Mon personnage s'est fissuré avec les questions pertinentes de mon interlocutrice et j'ai rapidement saisi que notre collaboration serait compromise. Irrité par cet échec, j'ai quitté la scène.

À votre tour : avez-vous un prétendant ? Correspondez-vous avec d'autres hommes ? À quand remonte votre dernière relation ?

Je laisse vos lèvres conquérir les miennes.

Tribulations six

Nos lettres pimentent mes journées ; je profite de chaque mot reçu. Les instants d'attente ne m'oppressent pas, ils sont autant de pauses pour imaginer la suite de nos confidences. Au creux du ventre, je ressens la caresse de ses phrases rassurantes. Elles semblent combler mes failles, remplir le vide. Grâce à cet échange, ma petite existence a pris de la hauteur. J'accorde moins d'attention à mon travail, j'ai cessé mes lectures sur les personnalités difficiles, le trouble borderline, la thérapie de couple. Je ne lis plus que Pokerfaith... et une biographie de François Ier.

Je me méfie de mon abandon au plaisir des mots. Pokerfaith affirme dire la vérité, mais comment le croire ? Je connais son procédé : créer des profils, séduire massivement des femmes, les faire tomber une à une après avoir profité d'elles. Ne communique-t-il réellement qu'avec moi ? Pourquoi avouerait-il avoir tenté de manipuler une psychologue et me cacherait-il une correspondance ? Devrais-je inventer d'autres amants pour le pousser à la confession ?

La tension séductrice qui anime nos rapports s'immisce dans mon corps comme une drogue. Partout où elle passe, elle hérisse mes sens. Le risque de commettre une erreur me maintient dans une concentration inédite. Tout indice susceptible de dévoiler mon identité est à proscrire. Révéler ma couverture m'achèverait personnellement et professionnellement. Alors je filtre chacune de mes phrases, je relis minutieusement mes réponses.

Cette tension a atteint des sommets lorsque Pokerfaith a évoqué sa consultation au cabinet. Soudain, la psychologue et Storie se fondaient en une même personne. Le corps bouffi d'adrénaline, j'ai parcouru à toute allure la suite du message, craignant que l'intrigue ne soit divulguée. Je redoutais la fin de l'histoire, comme on achève le visionnage d'un excellent film. Puis, le danger s'est éloigné. J'avais décidé de le questionner sur l'épisode de sa consultation avec un appétit modéré, mais ma curiosité professionnelle s'est ajoutée à celle qui me mordait déjà l'esprit et j'ai débordé de questions.

Parfois, j'imagine que nous ne nous connaissons pas, que notre rencontre sur ce site est fortuite. Adoptant un autre point de vue, je relis ses lettres et elles m'éblouissent. Une histoire d'amour fulgurante. Je rêve à un premier rendez-vous dans un café parisien, une table à l'écart où nous nous dévorerions des yeux. Deux grands verres ronds et scintillants décorés de la fine robe d'un vin italien sentant le soleil. Nos regards plongeraient jusque dans nos tripes pour y exciter l'amour. La gêne des adolescents encombrerait nos corps. Pokerfaith couvrirait ma main de la sienne et je baisserais les yeux, mes cils s'affaissant dans une prude révérence.

Toute la soirée, il m'envelopperait d'attentions, de compliments, jouant de son pouvoir de séduction. Je céderais progressivement à ses avances, je laisserais son charme et l'alcool m'enivrer. Mes jambes se blottiraient contre les siennes sous la table et il les retiendrait prisonnières. Au fil des heures, je glisserais vers le mélange des corps, coupable de me laisser amadouer si facilement.

Nous sortirions du restaurant en riant et il me donnerait le bras. Nous nous rapprocherions dangereusement pour nous coller l'un à l'autre. Il habiterait tout près et nous monterions chez lui. Là, il déchirerait mes vêtements et me plaquerait du poids de son corps sur le lit. Il serrerait mes cheveux dans son poing, mordant mes lèvres et mon cou. D'une main, il déboutonnerait son jean et dégagerait son sexe dressé pour me pénétrer d'un coup, soulevant mon corps d'un cri.

*

Hier, un patient m'a fait remarquer ma distraction. Je l'ai écouté pendant dix minutes avec attention puis, naturellement, mon esprit s'est dissocié pour poursuivre à la fois la séance et ma rêverie éveillée avec Pokerfaith. Car j'y reviens toujours…

Nos échanges sont à la fois profonds et subtils. Nous ne nous embarrassons pas de banalités, nous extrayons directement l'essence de nos êtres. Il me confie son épuisement moral, sa perte de contrôle, sa consultation psychologique, son ressenti quant au monde… La plupart des gens déblatèrent sur la politique, leurs douleurs dorsales, la voisine, leur sommeil perturbé, la pluie qui ne va pas tarder. Rien de personnel, rien d'engageant. De l'intérieur, ils s'avéreraient passionnants, mais ils se montrent triviaux. Pourquoi ne pas s'ouvrir aux autres sur ses expériences, ses victoires, ses déceptions et offrir ses conseils ?

Lorsque j'abandonne mon cabinet où les consultations me captivent, la société faite d'apparences défensives me désole. J'observe les malentendus, les agressions, l'indifférence feinte et l'absence de communication. Suis-je victime d'une déformation professionnelle ? Dans ma tête, je reformule les dires de mes semblables pour une réconciliation immédiate. Malheureusement, ils préfèrent se braquer plutôt qu'exprimer leurs émotions.

Pokerfaith m'a ouvert les yeux sur mes propres défenses. Ces derniers mois, j'ai littéralement fui les hommes, écœurée de leur intérêt pour moi. Je me fermais comme un clapet à la simple évocation d'une relation sentimentale. Je n'accordais aucune chance à la rencontre, pas même le bénéfice du doute. Depuis que Swan a estampillé ma vie, j'évite qu'on enfonce mon esprit d'autres sceaux.

Était-ce différent avant ? Lors des quelques phases de séduction qui ont ponctué ma vie, je gardais mes préoccupations pour moi. Mes émois étaient retenus par le seuil de mes lèvres et je laissais un écart se creuser. Je muselais mon corps, préférant le fantasme au risque d'une union décevante. Grâce à Pokerfaith et à notre échange exempt de contact physique, je m'avance sans armure dans des contrées inconnues.

Je n'oublie pas la finalité de notre correspondance, car au fond de moi, restent tapis le désir de vengeance et la plaie creusée par ses mots salés. Mais si mon plan échoue, j'aurais apprécié chaque marche gravie, mon plaisir réparant le dommage subi. J'aurais eu un camarade de jeux, une moitié, un second frère. L'impression d'être moins seule.

*

Depuis mon départ de la maison, je vis loin de ma famille. Mes études ont débuté à Rennes, mais l'enseignement lacanien n'a pas résonné en moi. Trop abstraite, la forclusion du Nom du Père m'a dépassée. Je cherchais à observer des signes plus que le silence. Après deux ans, j'ai opté pour une université plus éclectique et mes valises se sont posées à Paris. Je me souviens de mon arrivée dans cette ville gigantesque ; je cherchais sans arrêt l'horizon. La mer, l'air, l'espace.

Paris dégage une absurdité gênante, une débandade humaine auxquelles on finit par s'habituer. Nos yeux traversent les clochards et s'abreuvent de publicités. Nos démarches pressées ne s'arrêtent pas pour orienter une grand-mère ou tendre un mouchoir à une personne en pleurs. On ne pense qu'à son but : s'engouffrer dans le métro, changer à Opéra, se rendre à République, prendre la sortie huit « boulevard Voltaire » pour rejoindre une amie.

Les tourniquets avant l'accès au RER m'évoquent la régulation du bétail mené à l'abattoir. En brave bête, on valide sa carte Navigo sur la borne magnétique pour enregistrer son numéro national d'identification. On s'entasse dans le métro comme dans un camion bétaillère. Au moindre mouvement brusque du wagon, le troupeau s'ébranle et on se fait copieusement marcher sur les pieds. Parfois, le fautif s'excuse d'un geste désinvolte ou d'un « pardon » discret. On agiterait bien la queue pour chasser les mouches, mais la place manque.

On dépasse les poussettes et les trottinettes nous dépassent dans les couloirs souterrains. On bouscule les autres et ils nous bousculent. Claquent dans l'air les « t », ce bruit familier de la langue en ventouse contre le palais qui traduit l'agacement. On ramène les épaules vers l'avant, grande technique pour filer entre les gens, l'homme ne pouvant marcher de profil.

Dans la rue, on peut difficilement enlever son pull, indiquer une direction, mettre ses mains sur les hanches ou s'étirer sans heurter quelqu'un. On peut rarement compter dix pas sans rencontrer un obstacle : un couple de papi-mamie, une poussette, une femme en talons avançant moins vite, une personne chargée de sacs de courses ou tenant son vélo, une barrière de travaux, une voiture mal garée, une cascade d'eau pleuvant d'un balcon après l'arrosage des plantes, une bande de pigeons dévorant un morceau de pain, un clochard assis sur un carton... Harold Searles a dû visiter Paris avant d'écrire son fameux livre.

*

Sur les chemins de terre normands, croiser un promeneur ou un arbre poussé à la démission par le vent est exceptionnel. La longue voie dégagée promet la tranquillité. À mon arrivée ici, je me moquais des joggeurs qui sautillaient sur place devant les bandes blanches, les yeux fixés sur le feu pour piétons. J'ai rapidement trépigné moi aussi devant les passages cloutés, irritée de patienter pour fouler le bitume. L'attente, cette plaie. Alors j'ai aménagé tout un parcours. J'ai élaboré une série de pirouettes pour échapper à la frustration, telle une phobique dans l'évitement de l'objet redouté.

Tous les matins, après avoir enfilé mon manteau et calé mon sac sur l'épaule, je me poste à la fenêtre de mon studio. Le top départ est lancé quand le feu rouge du croisement du boulevard Diderot et de la rue Picpus passe au vert. Je m'élance vers la porte, je la ferme à double tour dans le couloir, je dévale les escaliers et je traverse vivement la cour intérieure pour débouler sur le boulevard.

À ce moment précis, le feu pour piétons autorise le passage. Je change de trottoir pour m'engouffrer dans la Cour Saint-Éloi jusqu'à la rue Érard où après quelques secondes, un autre feu vert m'ouvre la voie. Place du Colonel Bourgouin, je ne laisse pas passer plus de trois voitures avant de traverser pour éviter l'attente du long feu rouge du croisement de l'avenue Daumesnil et de la rue

Rambouillet. Je presse le pas dans cette dernière, débordant sur la piste cyclable pour dépasser les empêcheurs de marcher vite. Je retiens ma respiration dans un tunnel puant jusqu'à l'entrée souterraine de la gare de Lyon que dessert le RER D, si dysfonctionnel qu'il enseigne la résignation plus que la patience.

Quand je rentre en Normandie, j'ai l'impression de revivre. Mes cheveux graissent moins vite, je ne tousse plus, mon agacement chronique s'émousse et mon allant revient. Chaque fois, je me demande pourquoi j'habite à Paris. Chaque fois, j'y reviens pourtant. Un paradoxe commun à de nombreux Parisiens.

Extrait de correspondance trois

Storie
9 mai 2019, 7h15.

Cher Pokerfaith,
À votre tour, vous n'aurez droit qu'à une réponse : je ne fréquente personne d'autre. Seulement votre esprit nébuleux. Qui êtes-vous vraiment ? Le chevalier, le poète maudit, le fils aimant, le mauvais patient, l'amant désœuvré ? À travers ce flou artistique, comment accueillir sereinement la plume qui me chatouille le cœur ? Comment m'assurer de vos intentions ?
Les yeux fermés sur ces doutes, j'appose sur votre bouche ma signature.

Pokerfaith
9 mai 2019, 18h49.

Storie,
Je crains que vous ne compreniez pas. Votre méfiance vous précède et corrode mes déclarations honnêtes. Je suis victime d'un mécanisme psychologique dont j'ignore le nom et qui se décline comme suit : plus je cherche à prouver mes bonnes intentions, plus vous me soupçonnez de desseins profiteurs. Le dernier homme chanceux de pénétrer votre cœur l'a-t-il laissé inerte, semblable aux blocs de pierre avec lesquels vous construisez les rêves d'autrui ?

Je ressens pour vous une compassion infinie. J'ai aussi souffert de l'amour à ne plus vouloir en croiser les prémices. Mais ne pressentez-vous pas que notre rencontre détonne des autres ? Inespérée, elle me comble de liesse. Quelle action admirable ai-je effectuée pour mériter une telle grâce ? Confidente, correspondante, amie, sœur, amante... Votre compagnie m'est si agréable que je me surprends à la concevoir toujours. Vous survolez mes espérances.

Storie
9 mai 2019, 21h28.

Vous vous perdez en exagérations ! N'avez-vous jamais connu de relation aimante ? Dans l'une de vos lettres, vous évoquiez la rupture causée par une femme. Ces mots impliquent une union passée. N'avez-vous pas expérimenté la joie d'être deux, l'admiration que force la personne aimée, l'équilibre des sentiments partagés ?

Vous l'avez justement deviné : ma dernière histoire était un fiasco. Je ne m'attarderai pas sur ce calvaire. Cet homme a saboté mon optimiste, ma candeur, mon intimité. J'ai longtemps espéré qu'il cesse sa cavale amoureuse pour s'installer en moi, mais notre fusion n'existait que dans mes fantasmes. J'aurais voulu compter sur lui, me blottir sous son aile, m'emplir de sa présence, mais rien de tout ça n'est arrivé.

Aussi me suis-je roulée en boule, effrayée par l'abandon et la négligence. La crainte de retomber sur un homme malfaisant est égale à l'envie d'en trouver un qui sache m'aimer. Ces deux forces me tiraillent tant qu'elles finissent par me paralyser. D'un côté, m'isoler dans l'ombre d'un antre inaccessible pour ne plus côtoyer la souffrance. D'un autre, cheminer auprès d'un homme aux effluves de bonheur et risquer de m'exposer à des blessures. Cela me rappelle une histoire d'armures...

Pokerfaith
9 mai 2019, 22h51.

Vos mots me bouleversent ! Tant de souffrance en une femme éblouissante ! Comment est-ce possible ? Le destin s'est trompé en vous flanquant d'un abruti, en remettant vos tendres sentiments entre de sales mains ! Mon désir de vous chérir n'en est que plus grand.

Toute ma vie, je me suis senti seul. Sans partager ma passion de l'Histoire et des lettres, sans me confier, sans me reposer sur personne, sans ressentir d'attachement. Père, frère, concubine, amoureuse, la solitude m'apportait tant que je me suis offert à elle. J'ai joué l'ermite retranché dans le silence, voué et dévoué à ses exigences. Enfant, j'observais mes congénères pour comprendre leurs relations ; adolescent, je concevais des hypothèses toujours vérifiées ; adulte, j'en ai profité.

Durant mes années d'études, j'ai absorbé le contenu de mes semblables plus que celui des cours. J'abusais de leur savoir, leurs relations, leurs espoirs et leurs failles. Je décelais avec aisance quels mots et quels comportements les conduiraient là où je les attendais. Les femmes se sont révélées de vrais carrosses, mais je me lassais d'elles et elles finissaient par me détester.

Une seule a éveillé ma curiosité et défié ma toute-puissance : Sarah. Sa forte personnalité coudoyait l'aura froide qu'elle traînait derrière elle. Après son passage, je me débattais avec une impression inédite. J'avais envie d'elle, irrésistiblement. Elle ignorait mes avances ; un long marathon qui m'a insufflé le plaisir de la stratégie. Néanmoins, une fois conquise et dans mes bras soumise, le plaisir s'est volatilisé.

Je n'ai finalement développé aucun sentiment pour elle. J'ai apprécié un certain confort de vie. Je ressemblais un peu plus aux autres. Vivant en couple, j'étais moins seul physiquement. Voilà tout.

Depuis que je vous connais, l'expérience engrangée au cours de ma vie se révèle obsolète. Concevoir une stratégie machiavélique ne me pique plus, profiter de vous me semble odieux. Je ne souhaite que votre bien. Vous m'inspirez un amour éthéré, étonné de lui-même, croissant. Vous participez à ma personne au même titre que ma chair. Vous faites sourire mes pensées, vous époussetez mon cœur, vous électrisez ma vie. Vous me guérissez des frustrations entassées jusqu'ici. Mon existence prend un sens nouveau sous l'heureux joug de votre aura. Vous mêlez l'intelligence à la beauté, l'humour à la sensibilité, la passion au secret. Vous ne ressemblez à aucune autre.

Storie, je voudrais tout vous avouer de moi et tout récolter de vous. J'éprouve pour vous des émotions inconnues, un sentiment principalement. Est-ce réciproque ?

Vous avez aimé votre lecture ?
Découvrez les autres romans des éditions So Romance
disponibles en format papier et numérique.

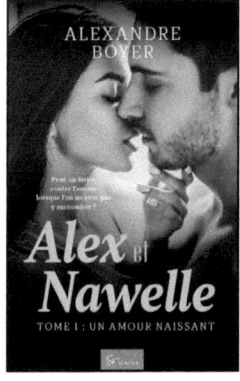

Alex et Nawelle
Tome 1 : Un amour naissant
Ne plus tomber dans les pièges de l'amour, rester concentré sur ses trois concessions automobiles... Alex se l'était promis. Il avait même tout fait pour rester fidèle à ce principe : inscription sur un site de rencontre extraconjugale, relations toujours très courtes... Puis il y a eu Nawelle, femme mariée au sourire irrésistible et à la beauté orientale. Avec elle, tout est différent, mais Alex reste convaincu : il ne tombera pas amoureux. Toutefois, ne dit-on pas que les bonnes résolutions sont faites pour être transgressées ?

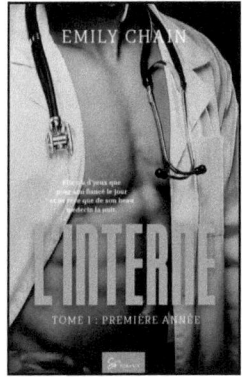

L'Interne
Tome 1 : Première Année
Devoir déménager pour accompagner son fiancé, jeune avocat à l'avenir prometteur ? Pas facile. Mais que dire quand, en plus, on apprend que l'on est stérile ? Le cauchemar pour Julia, qui avait déjà imaginé sa vie de famille... Elle décide donc de reprendre ses études et de se lancer à corps perdu dans son internat dans l'un des plus grands hôpitaux de Los Angeles. Le petit bémol ? Ce beau médecin, Dean, rencontré par hasard quelques jours avant, qui hante ses rêves les plus chauds... Tant que ce ne sont que des rêves, ça va... non ?

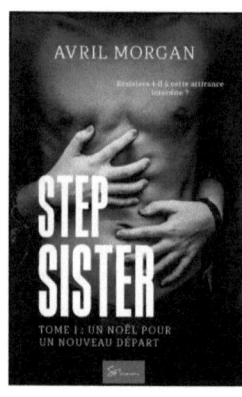

Step Sister
Tome 1 : Un Noël pour un nouveau départ

Gabriel avait tout pour être heureux : sa fiancée Amélie, un futur bébé, un travail prenant... Un bonheur ponctué de parts sombres : l'abandon de sa famille qu'Amélie ne peut pas supporter, la mort de sa mère et de sa soeur... Sans oublier cette impardonnable attirance qu'il a pour Amber, sa demi-soeur adoptée, et le lourd secret qu'ils portent à deux. Cependant, lorsqu'il reçoit une invitation de sa famille pour Noël, il ne peut la refuser. Arrivera-t-il à mettre un trait sur ce passé qui le ronge ? Saura-t-il résister à Amber ?

Calypso
Tome 1 : L'Île aux orchidées

Calypso, légendaire sirène, pensait avoir trouvé l'amour de sa vie en cet humain... Alejandro. Jamais elle n'aurait imaginé qu'il puisse la trahir. C'est pourtant ce qu'il a fait... En se vengeant, elle déchaîne sur elle la colère des Dieux.

Joséphine est fascinée par l'histoire de la sirène maudite et rencontre, au cours d'une croisière sur l'île de Calypso, Itzel qui semble lire en elle comme dans un livre ouvert. Deux femmes extrêmement différentes dont les destins semblent pourtant étroitement liés...

Pour en savoir plus
www.soromance.com

© Éditions So Romance, 2019 pour la présente édition

Éditions So Romance
159 avenue de la Couronne
1050, Bruxelles
www.soromance.com

D/2019/14.771/47
ISBN : 9782390450825

Maquette de couverture : Philippe Dieu
Photo : © Sofi photo / Shutterstock